DAN POBLOCKI

SHADOW HOUSE

EDEL : KIDS

DAN POBLOCKI

SHADOW HOUSE

Es gibt kein Entkommen
Band 1

ÜBERSETZT VON ANNE BRAUN

EDEL : KIDS

Shadow House – Es gibt kein Entkommen
ISBN 978-3-96129-070-3

Edel:Kids Books
Ein Verlag der Edel Germany GmbH

www.edel.com
1. Auflage 2018

Projektkoordination: Mia König
Lektorat: Ulrike Köbele
Übersetzung: Anne Braun
Fotos: Tapete und Verlauf: clearviewstock/Shutterstock; Loch: CG Textures; Seil: Scholastic Inc.; Hand: Alex Malikov/Shutterstock; Mädchen: Larry Ronstat für Scholastic Inc.; großes Herrenhaus: Dariush M/Shutterstock; Nebel: Maxim van Asseldonk/Shutterstock; Wolken: Aon_Skynotlimit/Shutterstock
Umschlaggestaltung: Groothuis. Gesellschaft der Ideen und Passionen mbH, Hamburg | www.groothuis.de unter Verwendung des Originalcovers von Shane Rebenschied
Layout und Satz: Datagrafix GmbH | www.datagrafix.com
Herstellung: Frank Jansen

Printed in China

Für Bruce

KAPITEL 1

Immer wenn Poppy Caldwell in einen Spiegel schaute, sah sie ein anderes Mädchen hinter sich stehen.

Es gab viele andere Mädchen in Thursday's Hope, dem Heim, in dem Poppy lebte, seit sie fünf Jahre alt war. Doch das Mädchen, das sie sah, war ganz anders als die Mädchen aus dem Heim.

Poppy war sich ziemlich sicher, dass es tot war.

Das Mädchen im Spiegel lächelte sie immer an. Es hatte freundliche braune Augen und lange dunkle Haare. Und über einem dunklen Kleid trug es immer dieselbe weiße Schürze mit großen Taschen, die in Hüfthöhe aufklafften und mit Geheimnissen gefüllt zu sein schienen.

Poppy wusste, dass es merkwürdig war, dieses Mädchen zu sehen. War es ein Geist? Ein Engel?

Einmal hatte Poppy allen Mut zusammengenommen und ihre Zimmergenossin Ashley gefragt, ob es normal sei, im Spiegel ein anderes Mädchen hinter sich zu sehen – ein Mädchen, das nicht sprechen konnte und im Übrigen gar nicht da war, wenn man sich umdrehte. Ashley hatte so schallend gelacht, dass Poppy schnell mitgekichert und so getan hatte, als sei es ein Scherz gewesen.

Sie hatte gehofft, Ashley würde es für sich behalten. Doch Ashley war ein Plappermaul, das kein Geheimnis für sich behalten konnte.

Die Sache mit Poppys »Visionen« machte augenblicklich im ganzen Schlafsaal die Runde und brachte Poppy einen unschönen Spitznamen ein: *Verrückte Poppy*. Anfangs versuchte sie, sich zu verteidigen und die anderen davon zu überzeugen, dass es das Mädchen wirklich gab. Aber das machte es nur noch schlimmer.

Mit der Zeit begann Poppy selbst zu glauben, dass sie verrückt war.

Doch an Tagen, an denen es ihr so richtig schlecht ging, weil die anderen Mädchen in Thursday's Hope wieder einmal besonders fies zu ihr waren, war das Mädchen Poppys einziger Trost – eine Freundin, dank der sie sich weniger einsam und ängstlich fühlte. Manchmal, wenn sich ihre Blicke im Spiegel trafen, fischte das Mädchen etwas aus den Tiefen der riesigen Taschen seiner Schürze und hielt es hoch, als wollte es Poppy damit ein Lächeln entlocken.

Am nächsten Morgen entdeckte Poppy diese Gegenstände dann unter ihrem Kopfkissen.

Beim ersten Mal war es ein Vogel gewesen, aus einem dünnen Draht gebogen. Danach kamen gepresste Blumen, kleine

Comicstrips aus vergilbten Zeitungen und ein Pinsel mit eingetrockneter grüner Farbe an der Spitze.

Alte Dinge.

Überraschende Dinge.

Sonderbare Dinge.

Erst wollte Poppy es nicht glauben. Doch die Gegenstände waren da – sie konnte sie anfassen, und das bedeutete, dass sie real waren. Unerklärlich, aber real.

Poppy nahm eines ihrer Bücher und schnitt ein Loch in den Innenteil, um diese kleinen Geschenke darin zu verstecken. Sie sollten ihr Geheimnis bleiben. Dann aber entwickelte Ashley eine besondere Freude daran, in Poppys Sachen herumzuschnüffeln und Poppys Schätze den anderen Mädchen aus dem Heim zu zeigen, die nichts Besseres zu tun hatten, als diese Dinge zu zerreißen und kaputt zu machen. Nach solchen Tagen hatte Poppy schlimme Albträume. Sie träumte von verheerenden Feuern und musste schreiend mit ansehen, wie die anderen Mädchen um sie herum verbrannten. Das Schlimmste an diesen Träumen war, dass Poppy ganz genau wusste, dass *sie* diese Feuer gelegt hatte.

Im wahren Leben wusste Poppy sich nicht zu wehren ... bis zu dem Tag, als Ashley das Bild in die Finger bekam. Es handelte sich um eine filigrane Kohlezeichnung, die fünf Kinder in Masken und Kostümen vor einer Steinmauer zeigte. Poppy hatte diese Skizze extra woanders aufbewahrt, zwischen den Seiten eines Buchs, das sie besonders liebte – ein Buch, von dem sie wusste, dass Ashley es niemals lesen würde. Doch Ashley war eine bessere Schnüfflerin, als Poppy ahnte. Denn eines schönen Tages stand sie neben ihrem gemeinsamen Stockbett und schwenkte triumphierend diese Zeichnung.

»Auch von deiner *Freundin*?«, fragte Ashley mit einem kleinen spöttischen Grinsen. Sie tat so, als wollte sie die Zeichnung zerknüllen.

Das brachte für Poppy das Fass zum Überlaufen. Ohne lange zu überlegen, griff sie nach Ashleys größtem Schatz, einem reich verzierten Spiegel, der auf ihrem gemeinsamen Nachttisch stand, und warf ihn hinter sich an die Wand. Ein Splittern. Ein Schrei. Ashley ballte die Faust, um die Zeichnung zu zerknüllen – doch die war ihr bereits entglitten und wie durch Zauberhand unversehrt auf Poppys Bett gelandet.

Poppy stand reglos da, während Ashley schockiert um Hilfe rief.

Poppy war noch nie ins Büro von Mrs Tate, der Heimleiterin, geschickt worden. Die kalten Metallschränke und der große Schreibtisch aus Eichenholz hatten sie immer schon eingeschüchtert, wenn sie nur an der offenen Tür vorbeigegangen war. Nun aber saß sie direkt vor diesem Schreibtisch, wie auf einer Anklagebank. Die Sekretärin hatte ihr eingeschärft, ja nichts anzufassen und brav zu warten, weil Mrs Tate zuerst mit Ashley reden wollte.

Poppy wusste, dass sie diesen Rat besser beherzigen sollte. Sie würde ohnehin gleich Ärger bekommen. Doch in ihr brodelte eine solche Wut, dass sie ihre übliche Zurückhaltung ganz vergaß. Sie zögerte nicht lange: Endlich bot sich ihr die Gelegenheit, von der sie immer geträumt hatte. Kaum war die Tür hinter ihr ins Schloss gefallen, sprang Poppy wieder auf. Sie wollte endlich einmal einen Blick in ihre Akte werfen. Hektisch durchsuchte sie die Schränke und Schubladen. Auf ein bisschen Ärger mehr oder weniger kam es jetzt auch nicht mehr an.

Im Büro der Heimleiterin roch es unangenehm süßlich, fast so, als hätte jemand Kaugummis unter jedes Möbelstück geklebt. In den Sonnenstrahlen, die durch das hohe Fenster hereinfielen, sah man die vielen Staubflöckchen tanzen, die Poppy bei ihrer hektischen Suche aufwirbelte. Ah, da war noch ein Aktenschrank auf der gegenüberliegenden Seite. Poppy fand die richtige Schublade, zog ihre Akte heraus und legte sie auf Mrs Tates Schreibtisch.

Während Poppy die Papiere überflog, wurde ihr Gesicht vor Enttäuschung immer länger. In ihrer Akte fand sie ihre Zeugnisse, Krankenberichte und Bilder, die sie früher gemalt hatte, aber nicht den kleinsten Hinweis darauf, wo sie gelebt hatte, bevor sie hier ins Heim gekommen war. Warum stand hier nichts über ihre Eltern? Man konnte fast glauben, sie hätten nie existiert und Poppy sei aus dem Nichts gekommen.

Das war höchst ungewöhnlich.

Und dann wurde es noch ungewöhnlicher.

Ganz hinten in ihrer Akte entdeckte Poppy einen versiegelten Briefumschlag, auf dem ihr Name stand. Sie drehte ihn hin und her, während ihr das Herz bis zum Hals schlug.

In der oberen linken Ecke stand in zierlichen Buchstaben der Absender: *Larkspur House, Hardscrabble Road, Greencliff, N.Y.* Der Poststempel war verschmiert, und man konnte nicht erkennen, wann der Brief abgeschickt worden war. Poppy konnte es nicht glauben. Ein Brief für sie? Wieder packte sie die Wut. Warum hatte Mrs Tate ihr diesen Brief nie gegeben?

Poppy schob einen Fingernagel vorsichtig unter der Klappe entlang und zog einen lachsfarbenen Briefbogen, der an den Rändern mit einem kunstvollen Blumenmuster verziert war, aus dem Umschlag. So etwas Schönes hatte Poppy noch nie gesehen. Ein kleines Foto, auf dem ein stattliches Herrenhaus zu sehen war, lag auch dabei. Poppy legte das Foto erst mal beiseite und begann zu lesen.

Meine liebste Nichte,

wenn Du wüsstest, wie sehr ich mich freue, dass ich Dich endlich gefunden habe! Du kannst Dir nicht vorstellen, was unsere Familie durchgemacht hat, auch wenn es sicher nichts ist im Vergleich zu dem Leben, zu dem Du gezwungen worden bist, mein armes Kind! Du kannst mich Großtante Delphinia nennen. Ich lebe in einem großen Anwesen im Hudson Valley, mit wesentlich mehr Räumen, als ich brauche. Es wäre mir eine große Ehre, wenn Du Dich entschließen könntest, zu mir zu ziehen. Ich werde dafür sorgen, dass

Du die beste schulische Ausbildung, erstklassige Mahlzeiten und teuerste Kleidung bekommst – eben alles, was sich ein Mädchen in Deinem Alter nur wünschen kann –, obwohl Dir gewiss bewusst ist, dass derlei Dinge wertlos wären ohne ein liebevolles Heim, das den Grundstock für Dein neues Leben hier in Larkspur bilden wird.
Anbei ein kleines Foto, damit Du in etwa weißt, was Dich hier bei mir erwartet!
Ich würde Dich gern selbst in Thursday's Hope abholen, doch meine Gesundheit erlaubt es leider nicht. Aber gib mir bitte Bescheid, damit ich weiß, dass Du dieses Schreiben erhalten hast, und damit ich Deine baldige Anreise organisieren kann. Wir haben uns bestimmt viel zu erzählen!
Mit den innigsten Grüßen
Delphinia Larkspur

Schauder des Glücks liefen Poppy über den Rücken, und ihre Augen füllten sich mit Tränen. Das hier war besser als jeder Schatz, den das Mädchen im Spiegel ihr jemals geschenkt hatte. So etwas passierte normalerweise nur im Märchen – aber doch nicht einem Mädchen wie ihr. Eine Verwandte! Ein Happy End!

Hinter ihr knarrte ein Fußbodenbrett, und als Poppy herumwirbelte, sah sie die Heimleiterin im Türrahmen stehen.

»Was machst du da, Poppy Caldwell?« Mrs Tates Blick wanderte von der offenen Akte auf ihrem Schreibtisch zu dem Schreiben in Poppys Hand.

»Ich wollte Sie nach meiner Akte fragen.« Poppy versuchte, das Zittern in ihrer Stimme zu unterdrücken.

»Diese Akte ist nicht für deine Augen bestimmt«, erwiderte Mrs Tate streng.

Poppys Gesicht brannte. »Ich habe das hier gefunden.« Sie hielt den Umschlag hoch. »Ein Brief. Der an mich adressiert ist.« Sie zwang sich, Mrs Tates Blick standzuhalten. »Warum haben Sie ihn vor mir verheimlicht?«

Mrs Tates eben noch zorniges Gesicht wurde ratlos. »Warum hätte ich das tun sollen? Darf ich mal sehen?«

Widerwillig reichte Poppy ihr das Schreiben und beobachtete mit Argusaugen, wie sie es überflog. »Poppy, ich habe diesen Brief nie gesehen, das musst du mir glauben.«

»Ich habe eine Familie!«, sagte Poppy.

»Ich würde keine voreiligen Schlüsse ziehen.«

»Meine Großtante Delphinia weiß alles über mich«, beharrte Poppy leise, aber mit Nachdruck.

Mrs Tate seufzte, und es sah ganz so aus, als wären ihr solche Dinge nicht ganz neu. »Der Absender ist sehr vage. Es gibt keine Telefonnummer, keine E-Mail-Adresse. Wie sollte ich deiner Meinung nach mit dieser Frau in Verbindung treten?«

Brauchen Sie gar nicht, dachte Poppy. *Das mache ich schon allein.*

Als die Heimleiterin Poppys trotzigen Gesichtsausdruck sah, ging sie hinter ihren Schreibtisch und setzte sich an ihren

Computer. Poppy wagte kaum zu atmen, während Mrs Tate im Internet nach Larkspur House suchte.

»Da gibt es nicht viel. Nur etwa ein Dutzend Anwesen im ganzen Land. Und über eine Delphinia Larkspur kann ich auch nichts finden.«

Poppys Brust zog sich schmerzhaft zusammen. »Das ist alles?«

»Ich weiß, dass die anderen Mädchen in letzter Zeit nicht sehr nett zu dir waren.« Mrs Tate lehnte sich zurück und sah Poppy mitfühlend an. »Ich fürchte, du musst davon ausgehen, dass es sich hierbei um einen dummen Scherz handelt. Wobei ich anmerken möchte, dass du auch nicht gerade ein Unschuldslamm bist. Was du Ashley angetan hast, ist unentschuldbar.« Auweia – Poppy merkte, dass diese Sache noch lange nicht vom Tisch war.

Als Poppy an diesem Abend auf den Spiegel im Badezimmer zuging, tauchte das Mädchen nicht hinter ihr auf.

Das war noch nie vorgekommen.

Erst später, als sie in ihrem Bett lag, die über die Zimmerdecke huschenden Scheinwerferlichter vorbeifahrender Autos beobachtete und Ashley im Bett unter ihr leise schnarchen hörte, wurde ihr klar, woran es vermutlich lag: *Nun, da ich von Larkspur House und Großtante Delphinia weiß, brauche ich das Mädchen vielleicht nicht mehr.*

Poppy ahnte nicht, wie falsch sie damit lag.

KAPITEL 2

Marcus Geller hörte Musik, die außer ihm niemand hörte, Musik, die aus einem benachbarten Raum kam, von dem nur er allein wusste.

Er konnte nichts dagegen machen. Ignorieren konnte er sie aber auch nicht.

Deshalb spielte Marcus die Melodien mit, wann immer es ging.

Er hatte sich auf den Hocker in einer Ecke des Esszimmers gesetzt, das Cello bereits zwischen den Knien, und wollte gerade den Bogen ansetzen, als er seine Mutter rufen hörte: »Marcus! Kommst du bitte mal hoch?«

Ihre Stimme klang dünn und weit weg, und er wusste sofort, dass sie wieder einmal am Computer in ihrem Schlafzimmer saß, wo sie sich gern vor der realen Welt versteckte.

Marcus schluckte trocken. Er hatte noch nicht mal *angefangen* zu spielen, und schon wollte seine Mutter ihn davon abhalten! Er ballte die Fäuste und lockerte sie langsam wieder, bevor er auf den Ruf seiner Mutter reagierte. »Eine

Minute noch!« Dann ließ er den Bogen über die Saiten gleiten, und der Raum füllte sich mit einem tiefen, klangvollen Brummen, das all seine Sorgen und auch die Antwort seiner Mutter übertönte.

Zu Hause zu üben war immer schon schwierig gewesen – so etwas wie eine Privatsphäre zu haben, wenn man mit drei älteren Geschwistern unter einem Dach wohnte, war ungefähr so wahrscheinlich, wie ein schlafendes Einhorn unter seinem Bett zu finden –, doch in letzter Zeit hatte sich das Problem noch mehr zugespitzt.

Marcus' Musik schien seine Mutter ungewöhnlich nervös zu machen.

Das lag vermutlich daran, dass ihr jüngerer Bruder Shane ebenfalls Cello gespielt hatte. Wie alle in der Familie versicherten, war er außergewöhnlich talentiert gewesen. Ihm wurde eine glänzende Karriere als Musiker vorausgesagt ...

Und dann war etwas Schreckliches passiert.

Die näheren Umstände von Shanes Tod kannte Marcus nicht. Über diesen Teil der Geschichte sprach niemand.

Er wusste nur, dass Shane mit zwölf Jahren gestorben war.

Genau in dem Alter, in dem Marcus jetzt war.

Vielleicht hing es mit dem Alter zusammen. Oder vielleicht auch damit, dass Marcus am Cello immer besser wurde. Was immer es war, es schien seine Mutter schwer zu belasten – und das musste er nun ausbaden.

Das war total unfair!

Dabei hätte Marcus niemals aufhören können zu spielen. Denn sonst hätte ihn die Musik, die niemand außer ihm zu hören schien, überwältigt.

Für Marcus waren die Klänge der Saiten-, Streich- und Blasinstrumente so klar und lebendig, die Rhythmen so wild und mitreißend, dass er sich kaum vorstellen konnte, dass sie außer ihm niemand hörte. Als er noch klein gewesen war, hatte er allen davon erzählt und die Melodien mitgesummt, damit die anderen ihm glauben würden.

Irgendwann hatten seine Eltern ihn zu einem Arzt geschleppt, der ihm Medikamente verschrieb, um den »Halluzinationen« ein Ende zu setzen. Daraufhin hatte Marcus beschlossen, niemandem mehr von der geheimnisvollen Musik zu erzählen. Er wollte nicht, dass sie verstummte, auch wenn sie nur in seinem Kopf war.

Das war ungefähr zu der Zeit gewesen, als er begonnen hatte, sämtliche Instrumente aus dem Musikraum in der Schule und aus der Sammlung seines Onkels auszuprobieren, um die wundervollen Melodien nachzuspielen, die ihn ständig umfluteten.

Es war eine geniale Idee gewesen: nicht mehr über die Musik zu reden und sie stattdessen zu *spielen*. Ab da waren seine Eltern zwar beruhigt, aber dafür wurden die Lehrer und andere Erwachsene auf ihn aufmerksam, die von seinem plötzlichen Talent begeistert waren.

Obwohl Marcus die Aufmerksamkeit genoss, war er sich nicht sicher, ob er sie auch verdient hatte. Er kam sich wie ein

Hochstapler vor, denn er hatte sich diese Kompositionen ja gar nicht selbst ausgedacht.

Sie kamen ihm von irgendwo jenseits dieser Welt zugeflogen.

»Marcus!«

Widerwillig nahm er den Bogen von den Saiten und schlug die Augen auf. Seine Mutter stand in der Esszimmertür, ein Blatt Papier in der Hand. Marcus hatte gar nicht gemerkt, wie sehr er in der Musik aufgegangen war, und auch nicht, wie friedlich der Nachmittag geworden war. »Entschuldige, Mom«, sagte er. »Ich war im Geiste ganz woanders.«

Zu seiner Überraschung lächelte sie. »Schon gut.« Sie reichte ihm das Blatt. »Ich habe gerade diese Mail hier bekommen. Ich dachte, es ist wahrscheinlich einfacher, wenn ich sie schnell ausdrucke und dir bringe.«

»Worum geht es denn?«

»Lies, dann weißt du es.«

Sehr geehrte Mrs Geller,

mein Name ist L. Delphinium, und ich bin der Direktor der Larkspur-Akademie für Musik und darstellende Künste im Staat New York. Einer der vielen Talentscouts, mit denen ich weltweit zusammenarbeite, war neulich beim Auftritt Ihres Sohns auf dem Oberlin-Campus in Ohio anwesend, und er war von seiner kraftvollen Darbietung überwältigt. Aus diesem

Grund möchten wir Ihrem Sohn einen Studienplatz an unserer Akademie anbieten.

Hier in Larkspur wird Marcus die Möglichkeit erhalten, von den besten Musikern und Dozenten von New York City zu lernen. Im Anhang finden Sie eine Broschüre mit weiteren Informationen über unser musikalisches Programm und die Zielsetzungen unserer Akademie.

Uns ist natürlich bewusst, dass es für eine derartige Einladung etwas spät im Jahr ist. Es ist jedoch einer unserer Grundsätze, dass wir stets versuchen, die vielversprechendsten Nachwuchstalente unter unserem Dach zu vereinen, daher möchten wir Ihnen unser Angebot zumindest unterbreiten. Für einen Schüler von Marcus' Format sind wir selbstverständlich bereit, die Studiengebühren, Unterbringung, Verpflegung und Reisespesen zu übernehmen. Auf Ihre Familie kämen also keinerlei Kosten zu.

Bitte lassen Sie uns Ihre Antwort baldmöglichst zukommen.

Mit freundlichen Grüßen
L. Delphinium
Direktor der Larkspur-Akademie

»Soll das ein Witz sein?«, fragte Marcus.

»Kann ich mir nicht vorstellen.«

»Das ist ja verrückt! Beim Konzert am Oberlin war ein Talentscout da?«

»Du hast nun mal Talent, Marcus«, erwiderte seine Mutter. »Tu nicht so überrascht.«

»Und du hättest nichts dagegen, wenn ich dorthin gehe?«

»Ich würde mich freuen.« Sie verschränkte die Arme vor der Brust und lächelte. Marcus fand, dass sie etwas *zu* erfreut aussah.

Noch bevor er etwas entgegnen konnte, füllten schaurige, vielstimmige Missklänge seine Ohren, ein Durcheinander von so vielen Instrumenten, dass er sie nicht hätte aufzählen können. Diese fürchterliche Katzenmusik hatte so gar nichts mit den melodiösen Klängen gemeinsam, die er sonst immer hörte – es klang mehr wie ein gewaltiger Aufschrei. Marcus zuckte zusammen, doch als er den Blick seiner Mutter bemerkte, versuchte er rasch, seinen Schreck als freudige Überraschung zu tarnen.

Seine Mutter hatte natürlich nichts gehört.

KAPITEL 3

In dem Traum, der sie ständig heimsuchte, ging Azumi Endo barfuß durch den riesigen Wald hinter dem Haus ihrer Tante in der Präfektur Yamanashi. Das Vulkangestein, das der Berg Fuji, der höchste Berg Japans, vor langer Zeit ausgespuckt hatte, machte den Untergrund mit den knorrigen Baumwurzeln und dem dichten Unterholz uneben und tückisch. Weil sich Azumi nicht an die markierten Wanderwege hielt, die sich kreuz und quer durch diese Wildnis zogen, kam sie immer wieder ins Stolpern und fiel sogar mehrmals auf die Knie. Ihr Nachthemd war schon ganz schmutzig, doch sie sprang jedes Mal schnell wieder auf und lief weiter. Sie wusste: Wenn sie nur einen Moment stehen blieb, würde sie eine Hand auf der Schulter spüren, und wenn sie sich daraufhin umdrehte ... nun, was sie dann hinter sich sehen würde, wollte sie sich lieber gar nicht erst vorstellen.

In dieser Nacht hatte sie sich tiefer in den Wald gewagt als je zuvor, bis zu einer steilen Schlucht, die das Gelände zerschnitt. In der Dunkelheit und wegen des Nebels konnte sie nicht mal bis zum Grund der Schlucht sehen. Ein weiterer Schritt, und sie würde in den Abgrund stürzen und von den spitzen Ästen dort unten aufgespießt werden – eine tödliche Falle, die nur darauf wartete, dass sie hineintrat. Azumi war einem der endlos langen Bänder gefolgt, die gleich nach dem Eingang zum Park an einem Baumstamm befestigt waren, und das hatte sie ins Herz des Waldes geführt.

Dorthin, wo die Toten lagen.

Im Traum war ihre Haut mit kaltem Schweiß überzogen, und durch ihren Kopf wirbelten so viele Gedanken, dass Azumi kaum noch wusste, in welche Richtung sie gehen sollte. Sie konnte nicht in die Schlucht hinunterklettern, das war viel zu gefährlich. Außerdem war es eher unwahrscheinlich, dass Moriko dort unten war. Sonst hätte sie längst auf Azumis Rufe reagiert, oder? Hatte Azumi überhaupt nach Moriko gerufen? Doch, ganz bestimmt. Deshalb war sie ja hergekommen.

Sie würde ihre Schwester finden. Sie *musste* sie finden.

Jetzt …

Erst in Momenten wie diesem, wenn Azumi sich fragte, wieso sie allein mitten in diesem Wald war, dämmerte ihr, dass sie wieder einmal träumte. Die Schattenwelt dieser Wälder existierte nur in ihrem Kopf. Oder zumindest der größte Teil davon. Der Traum bestand aber noch aus einem anderen Teil – dem Teil, an den sie sich immer erst erinnerte, wenn es zu spät war.

Denn immer wenn Azumi von diesem Wald träumte, schlafwandelte sie.

Azumi schlug die Augen auf und sah, dass sie von Dunkelheit umgeben war und mutterseelenallein in dem Wald hinter ihrem Elternhaus in einem Vorort von Seattle stand. Es war nun schon das dritte Mal in diesem Monat.

Mittlerweile lag ein riesiger Ozean zwischen ihr und dem Geisterwald in Japan, doch ihr Gehirn versuchte immer noch beharrlich, diese gewaltige Entfernung zu überwinden und sie an den Ort zurückzuversetzen, an dem sie ihre Schwester verloren hatte.

Der moosige Untergrund hier im US-Bundesstaat Washington war kalt und nass unter ihren Fußsohlen, und auch die nächtliche Sommerluft war kühl und feucht. Da es so dunkel war, konnte Azumi kaum etwas sehen, und sie fragte sich, ob die Schlucht zu ihrem Traum gehörte oder ob sie tatsächlich nur wenige Schritte von einer Katastrophe entfernt war.

Nicht jetzt, nicht schon wieder, dachte sie und kauerte sich nieder, um sich vor der Kälte der Nacht zu schützen. *Mutter und Vater werden in Panik sein.* Wie konnte sie ihnen das zumuten, nach allem, was mit Moriko passiert war, nach allem, was Azumi getan hatte?

Sie hatte ihre Schwester verloren.

Sie durfte nicht auch noch sich selbst verlieren.

Am Morgen nach ihrem letzten Albtraum hatte Azumi eine Idee, wie sie sowohl ihre Eltern als auch sich selbst schützen konnte. Sie musste akzeptieren, dass ihre Träume sie immer weiter in Gefahr bringen würden, wenn sie zu Hause blieb, bis auch sie eines Tages nicht mehr zurückkommen würde.

Also suchte sie im Internet nach Internaten an der Ostküste der USA, so weit weg vom Pazifischen Ozean wie nur möglich.

Seltsamerweise erschien lediglich eine einzige Website auf ihrem Bildschirm.

Die Larkspur-Schule.

Azumi startete eine neue Suche. Und noch eine. Sie schaltete den Computer aus und wieder an – doch das Ergebnis war immer dasselbe.

Larkspur.

Das muss ein Zeichen sein, dachte Azumi. *Vielleicht muss es genau diese Schule sein.*

Sie überflog das Profil, das die Schule von sich ins Internet gestellt hatte. *Das Larkspur-Institut steht seit über einem Jahrhundert für schulische, künstlerische und gesellschaftliche Kompetenz. Die ruhige, abgeschiedene Lage ist ideal für Schüler, die sich voll und ganz auf den Lehrstoff konzentrieren wollen …*

Azumi musste nicht weiterlesen. Diese Schule war perfekt für sie.

KAPITEL 4

Eine der Produzentinnen platzte in den sonnigen Raum, in dem Dash und Dylan Wright darauf warteten, dass ihnen jemand sagte, was sie zu tun hatten. »In fünfzehn Minuten bitte unten sein«, sagte die quirlige Brünette, an deren Namen sich keiner der beiden Jungen erinnerte. »Nur eine kurze Besprechung, okay?«

Um gegen die Langeweile des letzten Drehtags anzukämpfen, testeten die beiden verschiedene Spiele-Apps auf ihren Handys.

Seit dem zarten Alter von fünf Jahren arbeiteten die Wright-Zwillinge als Schauspieler, weshalb sie es gewohnt waren, dass Tag für Tag alle möglichen Leute in ihr Leben und ihre Garderobe kamen und wieder gingen.

»Unten?«, fragte Dylan grinsend. »Weshalb? Geht's um die nächste Szene?« Die Produzentin zog eine Augenbraue hoch und sah weiterhin nur Dash an, als wenn nur seine Antwort zählen würde.

Dylan wedelte mit der Hand, um sie auf sich aufmerksam zu machen. »Hey, hallo! Bin ich unsichtbar oder was?«

»Wir freuen uns darauf«, sagte Dash entschuldigend. »Danke.«

Die Produzentin blinzelte etwas irritiert und zog sich schnell wieder zurück, als könne sie es kaum erwarten, von den beiden Jungs wegzukommen.

Dash warf seinem Bruder einen verärgerten Blick zu. »*Bin ich unsichtbar oder was?*«, wiederholte er wütend.

Dylan runzelte die Stirn. »Was hätte ich denn sonst sagen sollen? Sie hat mich komplett ignoriert.«

Dash seufzte. »Ich nehme an, dass alle hier am Set deine Dummheiten satthaben«, erwiderte er schulterzuckend.

»Das sind keine Dummheiten«, protestierte Dylan. »Sondern kleine Streiche!«

»Streiche enden normalerweise nicht damit, dass den Leuten hinterher Geld fehlt. Wer andere beklaut, muss damit rechnen, dass er nicht sehr beliebt ist.«

»Ich habe ihnen weniger Geld abgeknöpft, als du vielleicht denkst.« Dylan verschränkte die Arme vor der Brust und schob das Kinn vor. »Aber wen juckt's? Nur noch heute, dann sind sie mich los. Ich kann es kaum erwarten, von hier wegzukommen.«

Die Zwillinge ähnelten einander wie ein Ei dem anderen. Beide hatten die gleiche dunkle Haut, das gleiche schiefe Grinsen mit den reizenden Grübchen, die gleichen glänzenden schwarzen Augen und kurzen Locken.

Sie spielten in der bekannten Sitcom *Dad – voll verpeilt* mit, seit sie fünf Jahre alt gewesen waren. In dieser Fernsehserie ging es um eine große Familie, deren Vater als Privatdetektiv arbeitete, dabei aber von einem Fettnäpfchen ins nächste stolperte. Sieben Jahre lang hatten sie sich die Rolle des jüngsten Bruders geteilt, ein süßer Kerl, der lispelte und *Scooter* hieß, aber oft lispelnd *Sscootss* gerufen wurde – ein total bescheuerter Gag, der den Zwillingen fürchterlich auf die Nerven ging. Am schlimmsten war es, wenn manche Leute sie auch im richtigen Leben so nannten.

Vor Kurzem hatten die Drehbuchautoren beschlossen, Scooters Rolle zu streichen und ihn auf ein Internat nach Frankreich zu schicken. Heute war der letzte Drehtag der Zwillinge.

Im ersten Moment war es ein Riesenschock für Dash und Dylan gewesen. Besonders Dash war so untröstlich gewesen, dass seine Eltern gedroht hatten, ihn ins Krankenhaus einliefern zu lassen, wenn er sich nicht wieder beruhigte. Er erzählte keinem, dass er ein schlechtes Gewissen hatte, weil er sich nicht stärker bemüht hatte, Dylan von seinen Dummheiten abzuhalten ... seinen »Streichen«. Vielleicht hätte er ja doch etwas tun können, um weiterhin in dieser Fernsehserie mitspielen zu können.

Dylan war sich sicher, dass sie bestimmt bald ein neues, besseres Angebot bekommen würden. Aber das half auch nichts.

Neuerdings litt Dash unter schweren Panikattacken. In den letzten Wochen hatte er scheußlich lebensechte Albträume gehabt, die sich allesamt um Dylan drehten. In diesen Träumen befand sich Dylan immer in einer gefährlichen Situation, aus der nur Dash allein ihn retten konnte. Danach wachte Dash jedes Mal schweißgebadet auf, sprang aus dem Bett und rannte durch den Flur zu Dylans Zimmer, um nach seinem Bruder zu sehen. Normalerweise stellte er dann fest, dass der friedlich und leise schnarchend in seinem Bett lag und nicht ahnte, welche Sorgen Dash sich um ihn gemacht hatte.

Doch dann, vor zwei Nächten, hatte Dash ein leeres Bett vorgefunden – und eine zerknüllte Bettdecke. Entsetzt war er in die Nacht hinausgelaufen und so lange durch unbekannte Gassen und leere Seitenstraßen gerannt, bis er sich schließlich auf einer eingezäunten Großbaustelle wiederfand, fast fünf Kilometer von seinem Elternhaus entfernt. Dort war Dash über das riesige, mit tiefen Löchern übersäte Gelände gestolpert und hatte nach seinem Bruder gerufen, voller Panik, dass er dessen zerschmetterten Körper unter einem Schutthaufen oder in einen Müllcontainer eingeklemmt finden würde. Doch dann war sein Vater gekommen, zusammen mit der Polizei, und hatte ihm versichert, dass Dylan gesund und munter zu Hause war.

Später, als Dash Dylan tatsächlich schlafend in seinem Bett vorfand, fiel ihm vor Erleichterung ein Stein vom Herzen. Er konnte es kaum glauben. Er war felsenfest davon überzeugt gewesen, dass Dylan irgendwo da draußen in Gefahr war und gerettet werden musste.

Danach hatten die Jungs bis spät in die Nacht in Dylans Zimmer gesessen, und Dash hatte ihm geschildert, was er durchgemacht hatte. Darauf hatte Dylan gewitzelt, dass Dash sich zusammenreißen müsse, sonst würden ihre Eltern ihn am Ende tatsächlich auf Nimmerwiedersehen in ein Internat nach Frankreich schicken.

Nachdem Dash sich wieder beruhigt hatte, bot Dylan ihm an, in seinem Zimmer zu bleiben und bei ihm zu übernachten. Als Dylan aufstand, um das Licht auszuschalten, fiel Dashs Blick auf die nackten Füße seines Bruders.

Nur Sekunden danach ging das Licht aus, und Dash lag im Dunklen und traute sich nicht, seinem Bruder zu sagen, dass er ihn gerade in einem fremden Bett gesehen hatte, mit schwarzen und blutigen Fußsohlen.

»Hey«, sagte Dylan, der in einer anderen Ecke des sonnendurchfluteten Raums saß. »Hast du schon gesehen? Wir haben gerade eine Mail bekommen.«

Dash schüttelte den Kopf. Seit die braunhaarige Frau hereingekommen war und sie nach unten zitiert hatte, war er in ein Spiel auf seinem Handy vertieft gewesen.

»Dann guck nach!«, drängte sein Zwillingsbruder. »Klingt echt interessant!«

Dash öffnete seinen E-Mail-Account und entdeckte die neue Mail. Der Absender lautete: Larkspur Productions GmbH. Und im Betreff stand: DRINGEND – NEUES PROJEKTANGEBOT.

Dashs Magen zog sich zusammen.

Hallo Dylan und Dash!

Alles klar? Ich hoffe, Euch Jungs geht es gut. Wir sind echt froh zu hören, dass Ihr trotz der Probleme mit *Dad – voll verpeilt* weiter im Filmbusiness bleiben wollt. Wir planen nämlich gerade ein ziemlich cooles neues Projekt, und als große Scooter-Fans war uns sofort klar, dass wir damit bei Euch anklopfen müssen. Das Drehbuch liegt bereits vor, und wir wüssten gerne, was Ihr davon haltet. Es eilt ein bisschen, deswegen wäre es toll, wenn Ihr uns schnellstmöglich Rückmeldung geben könntet.

Wie wir gelesen haben, seid Ihr beide Fans von Horrorfilmen. Was haltet Ihr von folgendem Setting: ein Spukhaus, jede Menge kranker Bösewichte und ein Plot mit überraschenden Wendungen, auf die Ihr im Leben nicht kommen würdet! Wir finden, dass Ihr zwei die perfekte Besetzung wärt, weil die Helden des Films Zwillingsbrüder sind.

Wenn Ihr mehr wissen wollt, sagt Bescheid, dann schicken wir Euch das Drehbuch.

Mit besten Grüßen
Del Larkspur

Geschäftsführer der Larkspur Productions GmbH

»Seltsam«, meinte Dylan. »Findest du nicht?«

Dash zuckte zusammen. Er hatte nicht gemerkt, dass sein Bruder zu ihm gekommen war und nun neben ihm auf dem Fußboden kniete. »Wieso seltsam?«

»Na ja, ich meine, diesmal würden wir jeder eine eigene Figur spielen. Bisher haben wir uns die Rolle immer geteilt.«

»Hast du gedacht, das würde für den Rest unseres Lebens so bleiben?«

»Nein, aber ... du weißt doch, deine Version von Scooter hat den Produzenten irgendwie immer besser gefallen als meine.«

»Ach was, das ist doch Quatsch.« Dash versuchte, sich nichts anmerken zu lassen, obwohl er wusste, dass sein Bruder recht hatte. Er glaubte auch, dass das einer der Gründe war, warum Dylan am Set so oft Ärger gemacht hatte. »Bei dieser Serie hier gab es keinen Unterschied zwischen uns. Nie.«

Dylan verdrehte die Augen. »Und ... sagen wir zu?«

Dash schwieg eine Weile. Er musste an seine schrecklichen Träume denken. »Ich weiß nicht, ob ich Lust habe, in einem *Horror*film mitzuspielen.«

Genau in diesem Moment piepsten ihre Handys. Eine weitere E-Mail war eingegangen, wieder von der Larkspur Productions GmbH. Mit großen Augen schauten sich die beiden Jungen an, ehe sie die Nachricht öffneten.

Dash las sie laut vor. »Keine Bange, das Skript ist nicht *zu* gruselig.« Er warf seinem Bruder einen Blick zu, bevor er sich im Zimmer umsah. War hier irgendwo eine versteckte

Kamera? Schließlich schnaubte er und fragte: »Meinst du, wir werden belauscht?«

»Na klar, sicher«, antwortete Dylan. »Diese Leute tun echt *alles*, um uns zu kriegen. Mann, Dash, das ist dem Typen vermutlich nachträglich eingefallen. Sei nicht so ein Weichei.«

»Du bist ein Weichei!« Dann jedoch musste Dash grinsen. »Fühlt sich gut an, ein neues Jobangebot zu haben.«

Dylan schlug seinem Bruder aufs Knie. »Wir werden Filmstars!«

»Okay, und wer schreibt zurück?«, fragte Dash. »Du oder ich?«

KAPITEL 5

Poppy war vom Bahnhof Greencliffe aus schon fast 15 Minuten lang den Hügel hinaufmarschiert, als sie merkte, dass jemand ihr folgte. Über ihr raschelte das Laub der Bäume, deren Äste leise knarzend im Wind schwankten, und überall um sie herum zwitscherten die Vögel. Trotzdem konnte sie Schritte hinter sich hören. Sie blieb stehen, drehte sich um und stellte fest, dass sie einen guten Ausblick auf die Strecke hatte, die sie gerade erst zurückgelegt hatte – eine von grünen Bäumen gesäumte, gewundene Landstraße. In einiger Entfernung konnte sie das glitzernde Wasser des Hudson River sehen, der sich wie ein breites, mit Juwelen besetztes Band durch die Landschaft zog.

Poppy erstarrte, als sie am Fuß des Hügels eine Gestalt wahrnahm. Einzelheiten konnte sie nicht ausmachen, sie sah nur, dass es eine kleine Person war, vermutlich sogar kleiner als sie selbst. Es war ein Junge mit einer schwarzen Jacke und einer Kakihose, der einen schweren Gegenstand auf dem Rücken trug – was das wohl sein mochte? Poppy konnte es nicht erkennen.

Obwohl es jetzt, Ende August, noch schön warm war und die Sonne schien, bekam Poppy plötzlich eine Gänsehaut. Sie rückte den Riemen ihrer abgewetzten pinkfarbenen Umhängetasche zurecht und setzte ihren Fußmarsch hügelaufwärts fort. Dabei ging sie unwillkürlich etwas schneller, obwohl sie sich nicht einmal sicher war, ob sie überhaupt auf dem richtigen Weg war.

In der Umhängetasche befanden sich ihre wenigen Besitztümer: eine Zahnbürste, ein kleines Handtuch, ein paar Socken und Unterwäsche sowie das ausgehöhlte Exemplar von *Der König von Narnia*, in dem sie etliche der vielen kleinen Sachen aufbewahrte, die ihr das Mädchen unters Kopfkissen gelegt hatte. Obwohl es ihr fast das Herz brach, hatte sie all ihre anderen Bücher in Thursday's Hope zurücklassen müssen. Aber Großtante Delphinia hatte ja versprochen, dass sie in Larkspur alles bekommen würde, was sie brauchte oder sich wünschte. Neues Heim, neue Schule, neue Familie. Während Poppy versucht hatte, sich das Geld für ihre Zugfahrt nach Greencliffe zusammenzuschnorren, hatte sie sich mehr als einmal gefragt, ob dazu auch neue Freunde gehören würden.

An dem Morgen, nachdem sie in ihrer Akte den Brief entdeckt hatte, stand sie vor dem Spiegel im Badezimmer und bürstete sich die Haare, als das Mädchen wieder auftauchte. Allerdings sah es nicht mehr wie das Mädchen aus, an das Poppy sich längst gewöhnt hatte. Das Gesicht war nur ein verschwommener Fleck, und es schien, als würde es ununterbrochen hektisch den Kopf schütteln. Poppy glaubte sogar, das Mädchen schreien zu hören, als würde es nach all der Zeit endlich versuchen zu sprechen.

Das Mädchen wollte ihr etwas sagen, das begriff Poppy sofort. Nur was?

Bevor Poppy darüber nachdenken konnte, war der Spiegel schwarz geworden, als hätte sich der Raum auf der anderen Seite – der gespiegelte Raum, in dem sich das Mädchen befand – plötzlich mit dichtem Qualm gefüllt. Poppy schnappte nach Luft.

Gleich darauf war der Spiegel wieder klar.

Das Mädchen war fort und hatte das Dunkel mit sich genommen.

Danach war es zwar noch einige Male im Spiegel aufgetaucht, hatte dabei aber immer so heftig den Kopf geschüttelt, dass sein Gesicht nicht zu erkennen gewesen war.

Das war ein derart verstörender Anblick, dass Poppy seither einen Bogen um jeden Spiegel machte.

Als Poppy hinter sich eilige Schritte hörte, die eindeutig näher kamen, riet ihr ihre innere Stimme wegzulaufen. Doch gleich beim ersten Schritt stolperte sie über ihren Schnürsenkel und fiel hin. Sie rollte ein Stück weit über den Asphalt und kam auf dem Rücken zu liegen. Schnell riss sie die Arme zur Verteidigung hoch und sah sich nach ihrem Verfolger um.

Zu ihrer Überraschung war niemand da. Über ihr wogten die Äste der Bäume leise im Wind, und Poppy blinzelte in die Sonnenstrahlen, die durch die großen, grünen Blätter fielen.

In einiger Entfernung, in einer der Biegungen unterhalb von ihr, glaubte Poppy die gemächlichen Schritte des Jungen zu hören, den sie zuvor gesehen hatte.

Aber was war das eben gewesen? Wer war ihr so dicht auf den Fersen gewesen? War die betreffende Person weggelaufen, in den Wald? Stand sie jetzt irgendwo zwischen den Bäumen und beobachtete sie?

Verrückte Poppy, hörte sie die Mädchen von Thursday's Hope in ihrem Kopf höhnen. *Verrückte Poppy, verrüüüückte Poppyyy.*

Um sich wieder zu fassen, stand sie auf und ließ den Blick über die Umgebung schweifen. In dem dichten Buschwerk, nur wenige Meter von ihr entfernt, entdeckte sie eine hohe Steinmauer, die sie vorhin wegen der vielen Kletterpflanzen und der dünnen, jungen Bäumchen am Straßenrand gar nicht bemerkt hatte. War das die Grenze zu Großtante Delphinias Anwesen?

Etwa zehn Meter weiter oben entdeckte Poppy einen breiten Kiesweg, der von der Straße abzweigte und in den Wald führte. An der Stelle, wo der Kiesweg auf die Mauer traf, befand sich ein Loch, das wie ein fehlender Zahn im Grinsen eines Totenschädels aussah. Zwei Pfeiler ragten aus dem Waldboden und bildeten eine Art Eingangspforte. Ein dekorativer Eisenbogen verband diese beiden Pfeiler am oberen Ende, doch die verrosteten Schnörkel waren zerbrochen und verbogen, als hätte sie jemand mit übernatürlichen Kräften auseinandergedrückt. Dort, wo sich bei einem normalen Tor die hübsch verzierten Türflügel befunden hätten, klaffte eine Lücke. Dahinter führte der Weg in den Wald. Durch die dicht stehenden Bäume wirkte es wie ein Tunnel, der zum Ende hin immer dunkler wurde.

Bei dem Anblick wurde Poppys Mund ganz trocken. Sie ging ein paar Schritte weiter, hielt vor der Abzweigung jedoch wieder an. Da entdeckte sie die Buchstaben, die in die Pfeiler eingraviert waren: *Larkspur*.

Sie war am Ziel. Ihr neues Zuhause!

Doch was hatte es mit dem hohen Gras und dem vielen Unkraut auf sich, das hier büschelweise zu ihren Füßen wucherte? Dieser Durchgang sah aus, als hätte ihn seit Jahrzehnten kein Mensch mehr benutzt. Poppy wusste nicht, was sie davon halten sollte.

Verrückte Poppy …

Entnervt schloss sie für einen Moment die Augen. *Aufhören*!

Vielleicht gab es ja noch einen zweiten Eingang, ein Stück weiter oben – den Zugang, den Großtante Delphinia öfter benutzte.

Während Poppy vor sich hingrübelte, entdeckte sie noch etwas, das direkt unter dem Namen des Anwesens in den beiden Pfeilern eingeritzt war – ein vertrautes Symbol, das sie aus dem Gedächtnis hätte zeichnen können. Die Umrisse eines Vogels. Er sah genauso aus wie der Drahtvogel, den das Mädchen im Spiegel vor vielen Jahren aus ihrer Schürzentasche gezogen hatte, das erste der vielen Geschenke, die Poppy am nächsten Morgen unter ihrem Kissen gefunden hatte.

Plötzlich knirschten hinter ihr Schritte auf dem Kies.

Poppy erstarrte. Vorsichtig warf sie einen Blick über ihre Schulter und sah, dass die Straße leer war. Wieso hörte sie dann so viele Schritte um sich herum?

»Hallo?«, wisperte sie. Hier war doch niemand! Oder jedenfalls niemand, den sie sehen konnte.

Gut, es gab eine Möglichkeit, das zu ändern, auch wenn sich alles in ihr dagegen sträubte. Doch es musste sein ...

Mit zitternden Fingern holte sie den kleinen Spiegel aus ihrer Umhängetasche und klappte ihn auf. Während sie den Spiegel langsam auf Augenhöhe hob, wusste sie bereits, wen sie gleich erblicken würde.

Trotzdem zuckte sie erschrocken zusammen.

In dem kleinen Spiegel stand das Mädchen nur wenige Schritte hinter ihr. Es zitterte am ganzen Körper. Die Zuckungen schüttelten es regelrecht durch, und es flackerte, wie wenn man einen Videofilm im Schnelldurchlauf vorspulte.

Bevor Poppy reagieren konnte, machte das Mädchen einen Satz und stürzte sich auf sie.

Eisige Kälte umfing Poppy, als das Mädchen beide Arme um ihren Oberkörper schlang und fest zudrückte. Sie wurde rückwärts auf die Straße gerissen, weg von dem ramponierten Eingangstor. Als sie auf dem Boden aufschlug, stieß sie einen Schrei so voller Entsetzen aus, dass sämtliche Singvögel aus den Baumkronen aufflogen. Ihre schrillen Rufe klangen wie Echos auf Poppys Schrei. Die Vögel stoben davon, während Poppy die Luft ausging und der Himmel vor ihren Augen schwarz wurde.

KAPITEL 6

Oberhalb der Biegung ertönte ein so lauter Schrei, dass Marcus Geller um ein Haar sein Gepäck fallen ließ. Im nächsten Moment brach der Schrei abrupt ab, und das machte ihn noch nervöser. Wer hatte da geschrien? Das Mädchen, das vor ihm den Bahnhof verlassen hatte? War ihr etwas zugestoßen?

Hastig legte Marcus sein Gepäck am Straßenrand ab und sprintete los.

Als er um die Biegung rannte, sah er das Mädchen vom Bahnhof, das mitten auf der Straße lag, ohne sich zu rühren.

»Hey!«, rief er, während er auf sie zurannte. »Was ist mit dir?«

Er kniete sich neben sie und merkte, dass er keine Ahnung hatte, was er tun sollte. Sie lag auf dem Rücken, hatte die Arme seitlich ausgebreitet, die Knie angezogen und den Kopf von ihm abgewandt. »Bitte, sei nicht tot«, flüsterte er und hielt eine Hand vor ihre Nase. Warmer Atem kitzelte seine Haut, und er stieß einen Seufzer der Erleichterung aus.

Er wusste, er musste sie von der Straße wegbekommen – jeden Moment konnte ein Auto um die Ecke biegen. Ratlos griff er nach ihrer Hand und hoffte, dass sie reagieren würde.

Und tatsächlich: Ihre Augenlider begannen zu flattern, und dann schlug sie die Augen auf. Als sie ihn sah, verwandelte sich ihre anfängliche Verwirrung rasch in nackte Angst. Sie riss die Augen auf und schrie erneut.

Hastig fuhren sie auseinander und starrten sich dann so erschrocken an, als wollten sie einander an die Gurgel springen.

Nachdem der erste Schreck verflogen war, fiel Marcus wieder ein, dass er derjenige war, der zu ihr gelaufen war. Er holte langsam und tief Luft und breitete die Hände aus, um ihr zu zeigen, dass er nichts Böses wollte. »Alles gut«, sagte er. »Ich wollte dir nur helfen.«

Als er sich aufrichtete, griff das Mädchen nach der pinkfarbenen Umhängetasche, die am Straßenrand lag, und drückte sie an sich, als hätte sie Angst, dass er sie ihr klauen wollte. Anschließend klaubte sie ihren kleinen schwarzen Schminkspiegel von der Straße. Sie hielt ihn einen Augenblick lang fest, dann holte sie aus und schleuderte ihn so weit weg, wie sie konnte.

Der kleine Spiegel hüpfte über die Straße wie ein Stein über Wasser, bevor er in einem dichten Gestrüpp verschwand. Mit einem Seufzer der Erleichterung wischte sie sich mit dem Handrücken über die Nase, sah zu Marcus hoch und schüttelte den Kopf.

Marcus hatte das Gefühl, es mit einem Mädchen zu tun zu haben, das unter Wölfen aufgewachsen war.

»Ich bin Marcus«, sagte er langsam und deutlich, für den Fall, dass sie ihn nicht verstehen konnte. »Ich war ein Stück weiter unten auf der Straße, als ich dich schreien hörte. Und als ich hergelaufen bin, sah ich dich hier liegen.«

Das Mädchen blinzelte und blickte sich um. Es wirkte fast, als würde sie außer mit ihm mit noch jemandem rechnen, der sich eventuell im Gestrüpp versteckte.

»Tut mir leid«, fuhr er fort, als er merkte, dass sie nicht vorhatte, ihm zu antworten. »Ich wollte dir keine Angst machen.«

»Du warst es nicht, der mir Angst gemacht hat«, erwiderte das Mädchen, ohne den Blick von den Bäumen abzuwenden.

Marcus bekam eine Gänsehaut. Seine Mutter hatte ihn gewarnt, dass er in Larkspur die unterschiedlichsten Leute treffen würde, doch dieses Mädchen war eindeutig neben der Spur. Aber gut, das waren viele musikalische Wunderkinder, deshalb sollte er eigentlich nicht überrascht sein. Am liebsten hätte er sie gefragt: *Wenn nicht ich dir Angst gemacht habe, wer dann?* Allerdings wusste er nicht, wie sie darauf reagieren würde, deswegen sagte er bloß: »Komm, wir müssen von der Straße runter. Danach kannst du mir ja vielleicht erzählen, was passiert ist.«

Jetzt sah sie ihn zum ersten Mal richtig an. Er konnte in ihren Augen lesen, dass sie nicht die leiseste Ahnung hatte, was passiert war. Schließlich stand sie auf und klopfte sich den Staub von der Kleidung, bevor sie zu dem Kiesweg ging, der von der Straße abzweigte und in den Wald führte. Erst da bemerkte auch Marcus die Mauer und das ramponierte

Eingangstor, das etliche Meter von der Straße entfernt stand und in dessen Pfeiler das Wort »Larkspur« eingraviert war.

»Oh!«, sagte er überrascht. »Wir sind da. Wir haben es geschafft.«

Das Mädchen warf ihm einen schiefen Blick zu. »Was meinst du damit?«, fragte sie.

»Na, wir sind in Larkspur«, erwiderte er und wurde ein kleines bisschen rot. »Entschuldige, aber wolltest du da nicht auch hin?«

»Doch«, antwortete sie unsicher.

Einen Moment lang betrachtete Marcus das verfallene Eingangstor und den dunklen Tunnel aus Bäumen, der in den Wald führte. Von irgendwo ganz in der Nähe trug der Wind leise, melancholische Klaviermusik an seine Ohren. Es war dieselbe Melodie, die der geheimnisvolle Musiker hinter der Wand gespielt hatte, nachdem Marcus seine Einladung nach Larkspur erhalten hatte.

Das Mädchen schien die Melodie nicht zu hören. Damit hatte er auch gar nicht gerechnet. Er war immer der Einzige.

»Nicht ganz das, was ich erwartet habe«, sagte er. »Du?«

»Was meinst du?«

»Na, hast du das erwartet?«

Das Mädchen war sichtlich verwirrt. »Ich – ich weiß nicht«, stammelte sie schließlich. »Wie heißt du noch mal?«

»Marcus Geller«, sagte er langsam. Vielleicht hatte sie sich beim Fallen ja den Kopf angeschlagen. Schwer.

»Und warum bist du hier?«

»Na ja, ich habe eine Einladung bekommen. Du nicht?« Sie gab ihm keine Antwort. Vor Nervosität redete er weiter. »Ich spiele hauptsächlich Cello, aber ich experimentiere auch mit anderen Instrumenten. Klavier, Querflöte, Mundharmonika. Mundharmonikaspielen macht echt Spaß.« Er griff in seine Gesäßtasche und zog ein kleines, glänzendes Instrument heraus, das er vor seiner Abreise in Ohio dort verstaut hatte. Er hielt es an die Lippen und spielte ein kurzes, jazziges Riff. »Was spielst du?«, erkundigte er sich.

»Spielen?«

»Ja, welches Instrument?«

»Ich spiele kein Instrument.«

»Ah, dann singst du also. Cool! Du siehst aus, als hättest du eine schöne Stimme.«

Die Wangen des Mädchens färbten sich so pink wie ihre Tasche. »Ach ja?« Ihre Stimme klang plötzlich ganz weich.

»Absolut. Ich merke so etwas. Hör mal, ich hab meine ganzen Sachen unten liegen lassen, als ich deinen Schrei ... wie auch immer. Macht es dir etwas aus, kurz zu warten? Dann können wir das restliche Stück zusammen gehen.« *Und du kannst mir auch erzählen, wieso du auf der Straße gelegen hast.* »Es ist bestimmt gleich am Ende des Weges, oder?«

Das Mädchen warf einen Blick hinter sich, in Richtung des Waldes. Mit zusammengepressten Lippen drehte sie sich dann wieder zu ihm und nickte.

»Ist es okay, wenn ich dich kurz allein lasse?«, fragte Marcus.

Sie straffte die Schultern und strich sich eine Haarsträhne hinter die Ohren.

Das deutete er als ein Ja.

Er lief los, um sein Gepäck zu holen. Nach wenigen Schritten hörte er sie rufen. Er drehte sich um und sah, dass sie ihm nachblickte. Offenbar hatte sie ihm etwas zugerufen, das er jedoch nicht verstanden hatte.

»Poppy«, wiederholte das Mädchen. »Ich heiße Poppy Caldwell.«

Wieder ertönte die Klaviermelodie, doch sie hatte sich verändert, sie klang fröhlicher – nicht direkt glücklich, aber definitiv nicht mehr so traurig wie vorhin. *Die Larkspur-Melodie*, dachte er spontan, eine Melodie, die zu diesem Ort gehörte. Sobald er mit Poppy in der neuen Schule war, würde er ein Klavier suchen und ihr die Melodie vorspielen.

»Freut mich, dich kennenzulernen, Poppy Caldwell«, rief er lächelnd.

»Und danke«, sagte sie. »Für deine Hilfe vorhin.«

Er salutierte, woraufhin sie überrascht auflachte. Okay, vielleicht war sie doch nicht total neben der Spur.

Marcus war noch nie länger als ein Wochenende von zu Hause weg gewesen, und jetzt war er ganz allein den weiten Weg bis fast nach New York City gereist, weil er ein Stipendium für die angesehene Larkspur-Akademie für Musik und darstellende

Künste bekommen hatte. Ein Jahr lang würde er mit einer Schar talentierter Schüler, die voll auf seiner Wellenlänge lagen, Musik verschlingen, atmen und leben, ohne dass ihm seine Mutter oder seine Geschwister in die Quere kamen. Er konnte sein Glück noch immer kaum fassen.

Vielleicht sind an der Akademie Leute, die die Welt auf dieselbe Weise wahrnehmen wie ich, dachte er, als er bei seiner Reisetasche und seinem Cello am Straßenrand ankam. *Vielleicht lerne ich Menschen kennen, die bei Namen wie Chet Baker, Dave Brubeck und Nina Simone genauso ausflippen wie ich …*

Als er zurückkam, stand Poppy noch an derselben Stelle, an der er sie zurückgelassen hatte: an dem Kiesweg, der von der Straße abzweigte und zu dem düsteren Durchgang in der Steinmauer führte. Sie wirkte beunruhigt.

»Bereit?«, fragte er. Poppy nickte. Zusammen marschierten sie los.

»Und?«, erkundigte er sich vorsichtig. »Willst du mir jetzt erzählen, was vorhin passiert ist?«

Poppy biss sich auf die Lippen. Dann entgegnete sie: »Kannst du mir zuerst erzählen, wie du zu der Einladung nach Larkspur gekommen bist?«

»Na, vermutlich genau wie du.«

»Das ist es ja«, sagte sie, während sie durch das verbogene Eingangstor in den dunklen Tunnel zwischen den Bäumen traten. »Ich bin mir ziemlich sicher, dass es bei dir anders war.«

KAPITEL 7

Nachdem der Chauffeur, den ihre Eltern für sie angeheuert hatten, Azumi am Tor von Larkspur abgesetzt hatte, schleppte sie ihr Gepäck zuerst durch den Wald und dann den sanft ansteigenden Hügel hinauf. Sie konnte nicht verhindern, dass unterwegs Erinnerungen an ihre düsteren Träume wie eisige Zweige über ihren Rücken kratzten.

Im vorigen Sommer war Azumi zusammen mit ihrer Schwester Moriko bei ihrer Tante auf der Insel Honshu nordwestlich des Bergs Fuji zu Besuch gewesen. Tante Wakame hatte den Mädchen verboten, auf eigene Faust in das nahe gelegene Waldgebiet zu gehen, da selbst Besucher, die öfter hierherkamen, sich nicht selten darin verliefen. Der Nationalpark galt als einer der verwunschensten Orte von ganz Japan, denn das dichte Blätterdach ließ kaum einen Sonnenstrahl hindurch, und das eisenhaltige Vulkangestein sorgte dafür, dass Kompassnadeln verrücktspielten.

Azumi hatte sich geschworen, nie wieder in die Präfektur Yamanashi zurückzukehren. Doch je weiter sie nun auf das

Anwesen zuging, desto mehr verringerte sich der Abstand zwischen Gegenwart und Vergangenheit. Wo immer Azumi auch hinblickte, sah sie Teile des Waldes, in dem Moriko verschwunden war – mit Flechten überzogene Baumstämme, gesprenkelte Schattenflecken, die über den grünen Untergrund tanzten, Tau an den tief hängenden, zarten Moosgewächsen.

Und dann, mit einem Wimpernschlag, war sie plötzlich wieder dort. In Japan. Und sie erinnerte sich an den schrecklichen Tag.

»Komm schon, Azumi!«, rief Moriko, die den markierten Weg verlassen hatte. »Sei kein Angsthase!«

»Ich bin kein Angsthase.« Azumi sah sich angewidert um. »Ich finde nur, dass Tante Wakame vielleicht doch recht hat. Wer weiß, was sich in diesem Wald alles versteckt.«

»Dann versteck du dich halt auch. *Ich* suche derweil nach Schätzen.«

»Nach Schätzen? Meinst du wirklich, dass es sich lohnt, den ganzen Müll zu durchwühlen, den die Touristen hier liegen lassen?«

»Klar doch! Wie sollte ein Forscher sonst etwas Wertvolles finden?«

»Interessant – Moriko, die Schatzjägerin!« Azumi betrachtete die Nylonbänder, die von den abgegrenzten Wegen wegführten und in den verbotenen Bereichen des Waldes im Halbdunkel verschwanden. Jedes Band hatte eine andere

Farbe, und alle waren so auffällig, dass kein Ranger oder Parkbesucher sie übersehen konnte. »Wofür sind diese vielen Bänder hier gut?«

Moriko drehte sich zu ihr um. »Menschen kommen aus Tokio hierher. Traurige Menschen. Sie kommen hierher, um ... sich von der Welt zu verabschieden. Sie binden diese Bänder am Waldrand fest, damit man sie nach ihrem Tod finden kann. Manche sagen, es seien *ihre* Geister, die hier im Wald herumspuken.«

»Du meinst wie in Tantes Gespenstergeschichten?«

Moriko riss die Augen auf, und ihre blauen Haare wechselten im Dämmerlicht den Farbton. »Genau!«

Azumi schüttelte den Kopf und versuchte, erschöpft oder verärgert auszusehen – Hauptsache, Moriko merkte ihr nicht an, welche Ängste plötzlich in ihrem Inneren hochstiegen. »Nein danke, ich will meine neuen Sneakers schonen. Geh du ruhig. Und hab Spaß. Hast du ja immer.«

»Azumi!«, rief Moriko. »Das war doch nur ein Scherz! Stell dich nicht so an!«

Doch da hatte Azumi schon kehrtgemacht. Sie lief über die menschenleeren Wege zum Haus ihrer Tante zurück, während am Horizont die Sonne unterging.

An diesem Abend kam ihre Schwester nicht zu Tante Wakames Haus zurück.

Ihre Eltern reisten sofort aus Washington an. Die Suche nach Moriko war lang und gründlich. Niemand fand die kleinste Spur von ihr. Weder das Umweltministerium noch die örtliche Polizei oder Detektive, und auch nicht die Familie.

Azumi sah ihre Schwester niemals wieder.

Kurz nachdem Azumi in die USA zurückgekehrt war, fingen die wirren Träume an. Es war, als seien die Bäume hinter ihrem Elternhaus zu den Geistern der Toten geworden, die in dem mysteriösen Nationalpark in Japan ihre letzte Ruhestätte gesucht hatten und nun nach ihr riefen. Das leise Rascheln eines Windhauchs im Geäst der Bäume vor ihrem Fenster klang wie das Wispern in ihrem Kopf. *Hier. Wir sind hier. Komm und hol uns, Kind. Komm und hilf uns, den Nachhauseweg zu finden.*

Die Auffahrt zur Larkspur-Schule machte eine scharfe Biegung, und vor Azumi erstreckte sich eine riesige Wiese, über der sich ein schimmernder blauer Himmel wölbte. Der dunkle Wald mit seinen Schatten war auf einen Schlag verschwunden.

Auf der Hügelkuppe, ungefähr zweihundert Meter vor ihr, thronte das große Gebäude, das sie vor einem Monat im Internet das erste Mal gesehen hatte.

Die Larkspur-Schule.

In der Realität sah sie ganz anders aus. So viel größer. Azumi betrachtete die steilen Dächer und die vielen Erkerfenster, die mit Efeu überwachsenen Vorbauten aus Stein, die glänzenden Fenster, die sich von der dunklen Fassade abhoben, als bestünden sie aus Eiskristallen, die Türmchen, die über den Durchgängen emporragten wie mit Sahnehäubchen garnierte Schokoladendesserts, und den höchsten Turm in der Mitte, der aussah, als würde er sich mitten durch das massive Granitherz des imposanten Gebäudes bohren.

Nachdem sie die ausladende Veranda durchquert hatte, klopfte Azumi an die zweiflügelige Tür, doch niemand kam. Vorsichtig drückte sie gegen die rechte Tür, merkte, dass sie sich öffnen ließ, und spähte in das düstere Innere. Nichts war zu hören – keine Schritte, keine Stimmen, nicht einmal das Ticken einer Uhr.

»Hallo?«, rief sie. »Ich bin Azumi Endo, und ich soll hier auf die Schule gehen.« Nichts geschah. »Entschuldigung! Ist hier jemand?«

Azumi stellte ihren Koffer innen gleich neben der Tür ab und setzte sich dann auf die breite Steinveranda, die sie bereits unten vom Weg aus gesehen hatte. Irgendwann musste doch jemand kommen! Bis dahin würde sie mit ihrem Smartphone ein paar Fotos machen und an ihre Eltern schicken.

Moriko und Azumi waren schon immer extrem unterschiedlich gewesen. Moriko, die einige Jahre älter war als sie, hatte ein Nasen-Piercing, färbte sich die Haare und konnte sich nicht satthören an den alten Punkrock-Alben ihrer Eltern. Morikos Klassenkameraden hatten zu ihr aufgeblickt wie zu einem Superstar, sie galt als Trendsetterin und kreatives

Genie. Der Text über sie in ihrem Highschool-Jahrbuch war zwei Seiten lang gewesen.

Azumi dagegen trug die Haare lang und glatt und so pechschwarz, wie sie von Natur aus waren. Da sie ein sachlicher und nüchterner Mensch war, hängte sie nicht mal Poster in ihrem Zimmer auf. Sie zog immer gleich an der Haustür die Schuhe aus, genau wie ihre *Baaba*, ihre Großmutter, es ihr beigebracht hatte. Azumi hatte nicht die leiseste Ahnung, was in ihrem Abschluss-Jahrbuch stehen würde, falls ihre Freunde etwas über sie schreiben würden, aber ihr persönlich wäre es am liebsten, wenn sie dafür ihr Foto aus der siebten Klasse nehmen würden, auf dem sie so ernst dreinblickte wie eine Anwältin oder eine Richterin, die Mundwinkel leicht nach unten gezogen und die Augenbrauen hochgezogen, als wollte sie sagen: *Versuch es gar nicht erst …*

Als Azumi 13 wurde, begriff sie, dass sie niemals so unbekümmert sein würde, wie Moriko es gewesen war. Doch sie konnte eine fleißige Tochter sein und ihren Eltern mit all den Dingen Freude machen, die Moriko ihnen verweigert hatte: indem sie ausgezeichnete Noten mit nach Hause brachte, beim Fußball die meisten Tore schoss und sich Freundinnen aus guten Familien suchte, die genauso ehrgeizig waren wie sie. Deshalb war es auch so ein Albtraum, dass sie vor einem Jahr plötzlich angefangen hatte zu schlafwandeln. Sie war dabei, die Kontrolle zu verlieren. Genau wie sie auch Moriko verloren hatte. Bei diesem Gedanken hätte sie am liebsten laut geschrien.

Auf dem Display ihres Handys glaubte Azumi eine Gestalt auszumachen, die sich vor den Bäumen bewegte, etliche Meter von der Stelle entfernt, an der sie selbst aus dem Wald gekommen war. Doch als sie das Handy sinken ließ, war da nichts zu sehen. Nur eine leichte Brise ließ das dichte Laubwerk rascheln, in dem sich gelegentlich ein paar Sonnenstrahlen verfingen. Wahrscheinlich hatte das den Anschein erweckt, dass jemand sie beobachtete.

Sie hielt das Handy wieder hoch, um ein Foto zu machen. Doch der schwarze Fleck war wieder da. Genau an derselben Stelle. Für einen Moment stockte ihr der Atem. Sie sah genauer hin. Der Fleck bewegte sich vor den Bäumen, als wenn ein undurchdringlicher Schatten auf diese Stelle fallen würde, von etwas, das sich ungefähr zwei Meter über dem Erdboden befand.

Ein Schatten, der verdächtig nach einem Menschen aussah.

Azumi knipste ein Foto und zoomte hinein.

Lange, dünne Arme, dürre Beine und ein Kopf, der viel zu groß aussah, um von so einem mageren Körper getragen zu werden.

Und Augen. Zwei goldene Funken, die sie beobachteten.

Das Bild flackerte kurz, dann wurde der Bildschirm schwarz.

Aus dem Augenwinkel nahm Azumi an der Baumgrenze erneut eine Bewegung wahr. Sie sprang auf, um notfalls davonzulaufen, doch dann tauchten zwei Kinder aus einer

Lücke im Wald auf. Ein Junge und ein Mädchen, etwa in ihrem Alter. Sie hatten Gepäck dabei.

Azumi hob eine Hand und winkte den beiden zu. Die beiden blieben stehen und winkten etwas zögernd zurück. Um nicht allzu übereifrig zu wirken, ließ Azumi die Hand sinken. In dem Moment bemerkte sie, dass links von den beiden der dunkle schattige Umriss wieder aufgetaucht war, genau dort, wo sie ihn zum ersten Mal gesehen hatte.

Langsam wandte er den großen Kopf den Neuankömmlingen zu.

Beobachtete sie.

Bereit, sich auf sie zu stürzen.

Gerade als Azumi den Mund öffnete, um den beiden eine Warnung zuzurufen, setzte sich der Schatten in Bewegung.

»Hey!«, rief sie. »Schnell, lauft!«

Sei kein Angsthase.

... Klappe, Moriko!

Der Junge und das Mädchen blieben wie angewurzelt stehen und sahen sie verwirrt an. Azumi winkte sie mit beiden Händen hektisch zu sich. Das dunkle Ding kam ihnen immer näher, ohne dass die beiden etwas ahnten.

»Schnell!« *Näher und näher.* »Lauft!«

Ganz plötzlich schienen die beiden zu begreifen, und sie rannten los, über die Wiese und auf die Veranda zu. Die schemenhafte Gestalt wurde bedrohlich größer, und der Abstand zu den beiden schrumpfte.

»Nicht umdrehen!«

Sie würden es nicht schaffen!

Azumi rannte die Verandastufen hinunter.

Die goldenen Augen des Schattens auf der Wiese schienen vor Freude zu flackern, als Azumi auf die beiden zulief.

Sie aber konzentrierte sich ganz auf den Jungen und das Mädchen, die ihr entgegeneilten. »Wirf mir dein Gepäck zu!«, rief sie dem Jungen zu, als er fast bei ihr war. Die Tasche war schwerer als gedacht, doch sie schaffte es, sie aufzufangen. Der Junge trug noch etwas auf dem Rücken, das wie ein riesiger Rucksack aussah.

Azumi drehte sich wieder zum Haus.

Als die drei Kinder die Verandastufen hochkeuchten, ertönte hinter ihnen ein merkwürdiges Sauggeräusch, doch Azumi drehte sich nicht mehr um. Sie stieß die Eingangstür auf und zog die beiden Neuankömmlinge ins düstere Innere des Hauses. Dann warf sie die Tür hinter ihnen ins Schloss und suchte hektisch nach einem Schloss oder einem Riegel.

Was, wenn der Schatten sie bis hierher verfolgte?

Doch nichts geschah.

Durch ein Fenster konnte sie sehen, dass die Wiese und die Veranda so leer waren wie bei ihrer Ankunft. Kein Schatten. Keine flackernden goldenen Augen. Azumi versuchte erleichtert, tief Luft zu holen, doch dabei kam ein kläglicher Quiekser aus ihrer Kehle.

»Was ist los?«, fragte der Junge.

Azumi schnappte nach Luft. »Tut ... tut mir leid. Ich dachte, ich hätte etwas gesehen ...« Sie warf einen Blick nach hinten, um ganz sicher zu sein. Dabei spürte sie, wie angespannt sie immer noch war. »Etwas, das hinter euch her war.«

»Ein Tier?«, fragte das Mädchen und sah mit großen Augen hinaus in den Morgen.

»Äh, ja, doch, es war ein Tier. Ein *großes* Tier. Es sah ... wütend aus.« Azumi schüttelte den Kopf. »Komisch, dass ihr es nicht gesehen habt. Es sah aus, als wollte es euch den Kopf abbeißen.«

Der Junge schaute nun ebenfalls nach draußen, mit einem schiefen Grinsen, als würde er ihr nicht glauben. »Dann muss es sich jetzt verstecken.«

»Sieht so aus«, meinte Azumi. »Es kann sich nicht einfach in Luft aufgelöst haben!«

»Dann müssen wir uns wohl bei dir bedanken«, erwiderte das Mädchen. Es klang fast ein bisschen spöttisch. »Weil du uns gerettet hast?«

»Wenn ihr mich jetzt auslacht, dann könnt ihr euch das nächste Mal *allein retten.*«

Der Junge und das Mädchen schauten sie an, als hätte sie sie geohrfeigt. Azumi schüttelte beschämt den Kopf. Wie hatte sie so etwas Gemeines sagen können? »Ich heiße übrigens Azumi. Azumi Endo.«

»Ich bin Poppy, und das ist ...«

»Marcus.« Der Junge strich sich die roten Locken aus der Stirn und hob grüßend eine Hand. Dann rückte er die Riemen seines schweren Rucksacks zurecht, und Azumi erkannte an der Form, dass darin ein Cello sein musste.

»Habt ihr eine Ahnung, wo alle anderen sind?«, fragte Azumi.

»Alle anderen?«, wiederholte Marcus.

»Die anderen Schüler. Die Lehrer. Alle anderen eben.« Azumi sah, dass Marcus kurz zu Poppy blickte, als wenn die beiden etwas wüssten, was sie nicht wusste. »Was ist? Habe ich wieder etwas Komisches gesagt?«

»Ich habe keine Ahnung, wo alle anderen sind«, antwortete er, ohne auf ihre letzte Frage einzugehen, und der seltsame Ausdruck verschwand von seinem Gesicht. »Aber es wäre sicher keine schlechte Idee, uns mal hier umzusehen. Was meinst du, Poppy?«

Poppy stand da, die Arme vor der Brust verschränkt. »Ja, würde ich auch vorschlagen.«

»Gut.« Azumi griff nach ihrem Gepäck. »Dann mal los.«

Sie warf einen letzten Blick auf die sonnenbeschienene Wiese. Obwohl sie den mysteriösen Schatten nicht mehr sehen konnte, spürte sie instinktiv, dass er noch da war, irgendwo da draußen – in einem Versteck, von dem aus er sie beobachtete und wartete.

KAPITEL 8

Dash und Dylan hatten darauf bestanden, dass der Fahrer ihrer Limousine sie bis auf das Grundstück von Larkspur fuhr, und ihm versprochen, dass sie für alle Schäden aufkommen würden, die der Wagen auf der unebenen Zufahrt erleiden könnte.

Als die Limousine davonfuhr, standen die beiden Jungen vor einer breiten zweiflügligen Holztür. Sie klopften und klopften, ohne dass jemand kam, um ihnen aufzumachen. Sie legten das Ohr an die Tür, aber außer den Echos ihres Klopfens war im Inneren nichts zu hören.

Schließlich schrieben sie eine SMS an Del, um zu fragen, wo er war, doch die Nachricht ging nicht durch. *Kein Empfang.*

»Und was machen wir jetzt?«, fragte Dash.

Wortlos trat Dylan einen Schritt vor und drückte gegen die Tür, die mit einem lauten Ächzen nach innen aufging.

»Oh Mann!« Dash lachte verlegen auf. »Daran hab ich nicht gedacht.«

»Du kannst froh sein, dass ich dabei bin, kleiner Bruder.«

»Du weißt, wie ich es hasse, wenn du mich so nennst. Nur weil ich fünf Minuten nach dir geboren bin, bin ich kein bisschen kleiner als du.«

»Stimmt«, antwortete Dylan. »Ich *weiß*, dass du es hasst.« Er setzte wieder dieses Lächeln auf, das Dash immer etwas nervös machte. Es war ein Lächeln, das sagte: Jetzt sei nicht so ein Schlappschwanz. Insgeheim hatte Dash es schon unzählige Male vor dem Spiegel geübt, aber er bekam es einfach nicht hin. Sie waren also doch nicht hundertprozentig identisch, besonders was ihren Charakter betraf.

Dashs Magen zog sich zusammen, als er seinem Bruder ins Innere des Gebäudes folgte. Mit großen Augen blickte er sich in dem riesigen runden Eingangsbereich um, der fast an eine Kathedrale erinnerte. Staunend registrierte er sämtliche Einzelheiten: die breiten Geländer aus Eichenholz, die die imposante Treppe im Zentrum einrahmten, die hölzernen Säulen, die das gewaltige Deckengewölbe stützten, die hohen Buntglasfenster, durch die Streifen von rotem, blauem und goldenem Licht auf den kunstvoll gearbeiteten Parkettfußboden fielen.

Die Jungen stellten ihr Gepäck mitten im Eingangsbereich ab.

Plötzlich schrillte ein greller Ton durch den Raum, der Dash in den Ohren wehtat. Kurz fühlte er sich benommen und irgendwie desorientiert. Er blinzelte und bemerkte Dylan, der ein paar Schritte entfernt stand und auf seinem Handy herumdrückte.

»Blödes Ding«, schimpfte Dylan.

»Was ist?«

»Jemand ruft mich dauernd an, aber sobald ich rangehe, bricht die Verbindung ab.«

»Welche Nummer?«

»Unbekannt.«

»Mieser Empfang hier.«

»Aber was ist, wenn Del uns erreichen will? Um uns zu sagen, wo wir hinkommen müssen?«

»Wie wär's, wenn wir uns auf die Suche nach ihm machen?«

Dylan grinste. »Gut, willst du nach oben gehen oder soll ich?«

»Wir sollten besser zusammenbleiben, meinst du nicht auch?« Dash versuchte, nicht ängstlich zu klingen.

Er wandte sich zur Treppe um und erstarrte.

Ein Junge stand auf der untersten Stufe und starrte sie an. Er trug eine dunkle kurze Hose und ein weißes Hemd. Doch das war es nicht, was Dash als Erstes an ihm auffiel. Der Junge trug eine Maske: eine weiße Hasenmaske mit Löchern für die Augen und einem breit grinsenden rosafarbenen Mund.

Dash wurde mulmig – am liebsten hätte er sich umgedreht und wäre davongelaufen.

Dann entdeckte auch Dylan den Jungen und rief: »Hey, Mann! Was gibt's?«

Der Junge mit der Hasenmaske reagierte nicht. Er starrte sie weiter regungslos an. »Wir wollen zu Del«, ergänzte Dash. »Hast du eine Ahnung, wo er ist?«

Da drehte sich der Junge mit der Hasenmaske wortlos um und lief die abgetretene Marmortreppe hinauf.

»Hey!« Dylan zögerte nicht lange und rannte ihm nach. »Warte doch mal!«

Dash wollte nicht allein bleiben und folgte seinem Bruder. Auf halber Treppe blieb Dylan plötzlich so abrupt stehen, als hätte ihn jemand von hinten festgehalten. Geistesgegenwärtig streckte Dash beide Arme aus, um ihn aufzufangen, doch Dylan fiel mit einer solchen Wucht rückwärts, dass er seinen Zwillingsbruder gleich mit nach unten riss.

Ineinander verkeilt stürzten die Brüder die Treppe hinunter, bis ganz nach unten.

Etwas wie ein Erinnerungsfetzen blitzte in Dylans Kopf auf. Es war eine weißglühende Explosion, die ihn zusammenzucken ließ und seinen Schädel von innen her versengte. Sein ganzer Körper prickelte vor Elektrizität.

Die Welt um ihn herum verschwand.

Er war wieder in der Garderobe am Set von *Dad – voll verpeilt*. Dash kam aus dem Halbdunkel auf ihn zugerannt, mit ausgestreckten Armen und verzerrtem Gesicht, und er schrie vor Wut oder vielleicht auch vor Schmerz. Dylans Trommelfelle erbebten unter einem gewaltigen Dröhnen, auf das gleich darauf ein anderes, menschlicheres Geräusch folgte – ein quäkendes, jammerndes Flüstern.

Dylan hatte das Gefühl, sein Hinterkopf sei explodiert. Bis auf die kleinen flimmernden Lichtpunkte vor seinen Augen konnte er kaum noch etwas sehen. Nach einer Weile ließ der erste Schreck nach, und Dylan wurde klar, dass das Wimmern aus seiner eigenen Kehle kam.

»Dylan? Dylan, alles in Ordnung?«

Dylan merkte, dass er auf dem Boden des Eingangsbereichs lag. Die Holzdielen fühlten sich in seinem Rücken ganz kalt an. Dashs Gesicht war direkt über ihm, mit weit aufgerissenen Augen, fast gelähmt vor Angst. Aus irgendeinem Grund machte Dylan das wütend. »Warum glotzt du mich so komisch an?«

Er blickte an seinem Bruder vorbei auf die steile Treppe. »Ich muss gestolpert sein.«

»Du bist nicht gestolpert, Dylan. Es war etwas anderes. Als hättest du einen Anfall gehabt oder einen Krampf bekommen. Dann bist gestürzt und hast mich mit nach unten gerissen.«

»Unsinn, ich kriege weder Anfälle noch Krämpfe.«

Dash setzte sich auf die Fersen. »Na schön, meinetwegen. Du bist absolut gesund.« Er stieß einen frustrierten Seufzer aus. »Aber beim Fallen hast du dir ziemlich heftig den Kopf angestoßen. Das hat richtig gescheppert.«

Dylan setzte sich auf und rieb seinen Hinterkopf. Sein Herz pochte viel zu schnell, und er hatte Angst, dass sich das, was gerade eben passiert war, wiederholen könnte. Doch das wollte er seinem Bruder nicht sagen. Der machte seit ein paar Wochen ohnehin so ein Theater um ihn.

»Jetzt geht es mir jedenfalls wieder gut.« Das Ganze war ihm vorher schon mindestens zweimal passiert, stets begleitet von der erschreckenden Vision, wie Dash auf ihn zurannte, um ihn zu festzuhalten oder aufzufangen. »Himmel, Dash, manchmal bist du schlimmer als Mom und Dad.«

»Meinst du, du kannst aufstehen? Vielleicht sollten wir wieder in die Stadt runtergehen und Hilfe holen.«

»Spinnst du? Kommt nicht infrage!«

Dash verdrehte die Augen. »Aber, Dylan, du bist nicht ...«

»Wir müssen den Typen mit der Maske finden, vielleicht kann der uns weiterhelfen.«

Dash bekam eine Gänsehaut. »Den Eindruck hatte ich nicht, Dylan. Ich fand ihn supergruselig.«

Schritte hallten von den hohen Wänden des Eingangsbereichs wider. Dylan drehte den Kopf, um zu sehen, wer da kam.

Aus dem Halbdunkel trat ein Mädchen mit langen schwarzen Haaren, die ihr bis weit über den Rücken fielen, auf sie zu. Sie trug eine eng anliegende Jeansjacke und ein langes, schwarzes Kleid. Neben ihr lief ein weiteres Mädchen in Jeans und einem verwaschenen lilafarbenen T-Shirt, das krampfhaft einen pinkfarbenen Beutel umklammerte. Hinter den beiden Mädchen folgte ein Junge mit einem großen, seltsam geformten Rucksack. Er trug eine schwarze Sportjacke und eine Kakihose. Seine rotbraunen Haare standen in wirren Locken vom Kopf ab.

Sind das die anderen Schauspieler?

Dylan richtete sich schwerfällig auf. Dann ging er auf die drei Neuankömmlinge zu und streckte eine Hand aus. Wenn er hier am Set gut ankommen wollte, musste er gleich zu Beginn einen sympathischen Eindruck machen, bevor sein Bruder ihm wieder die Show stehlen würde.

»Hey«, sagte er mit dem lässigen Surfer-Charme, den seine Agenten ihm von klein auf eingedrillt hatten. »Wie geht's? Ich bin Dylan Wright.« Er blickte zu Dash, der ihn überrascht ansah. »Und das ist mein Bruder –«

»Dylan, setz dich hin!«, befahl Dash unwirsch. »Vielleicht hast du ja eine Gehirnerschütterung.«

Ein Anfall von Zorn schoss Dylans Rücken hinunter und nistete sich in seiner Magengrube ein. Doch er verzog keine Miene und stieß ein nervöses Lachen aus. »Tut mir leid«, sagte er zu der kleinen Gruppe, die sie immer noch anstarrte. »Mein Bruder ist manchmal etwas überdramatisch. Weiß einer von euch, wo Del steckt?«

KAPITEL 9

Poppy wollte ihren Augen nicht trauen. Vor ihr stand einer ihrer Lieblingsschauspieler aus dem Fernsehen: Scooter Underwood aus der Serie *Dad – voll verpeilt*. Und daneben saß er gleich noch mal. Die beiden Scoots sahen sie an, als könnte sie ihnen den Schlüssel zu diesem Haus überreichen.

Das bilde ich mir nur ein, dachte sie. Das Blut rauschte in ihren Ohren, und sie hörte die Mädchen von Thursday's Hope wieder rufen: *Verrückte Poppy, verrückte Poppy.*

Doch dann übernahm Marcus die Vorstellung: »Hallo, ich bin Marcus. Und das sind Poppy und Azumi.«

Azumi hob grüßend die Hand, während Poppy vor Unsicherheit reglos dastand. »Seid ihr auch Schüler hier?«

Der Junge vom Boden erhob sich und wischte sich den Staub von der Kleidung. »Ich bin Dash, Dylans Zwillingsbruder. Und nein, ähm … wir sind keine *Schüler* hier.«

Marcus runzelte die Stirn und schüttelte fast unmerklich den Kopf.

»Ihr zwei seid Schauspieler, richtig?«, fragte Azumi. »Ich kenne euch aus dem Fernsehen.«

Schauspieler, dachte Poppy. Nicht der richtige Scoots, sondern die Jungs, die ihn spielten. Zwillinge.

»Stimmt«, antwortete Dylan. »Seid ihr auch Schauspieler?«

»Nein«, sagte Marcus vorsichtig. »Ich habe ein Musikstipendium bekommen. Azumi will hier ihren Schulabschluss machen. Und Poppy ... Na ja, Poppys Geschichte ist etwas kompliziert.«

Unwillkürlich errötete Poppy. *Kompliziert* war noch untertrieben. Sie zog die Schultern hoch, obwohl sie wusste, dass sie dadurch ziemlich dämlich aussah, wie ein Vogel Strauß, der seinen Kopf in den Sand steckte.

»Dylan«, mahnte Dash und legte seinem Bruder eine Hand auf die Schulter. »Sei so gut und setz dich wieder hin.« Dann sah er die anderen drei an und erklärte: »Er ist gerade die Treppe runtergefallen.«

»Redet dein Bruder immer mit dir, als wäre er dein Vater?«, fragte Azumi Dylan, die Hände in die Hüften gestemmt.

Dash verzog das Gesicht. »Ich wollte doch nur ...«

»Wir sind *beide* die Treppe runtergefallen«, murrte Dylan, bevor er sich mit einem erzwungenen Lächeln wieder an die Neuankömmlinge wandte. »Aber wir haben es beide heil überstanden. Glaubt mir. Also ... wenn ihr nicht zur Besetzung gehört, dann vermutlich zur Crew, richtig?«

»Zur Crew?«, wiederholte Azumi verwundert.

»Warum seid ihr hier?« Ein leicht frustrierter Unterton schlich sich in Dylans sonst so weiche Stimme.

»Das hat Marcus doch schon gesagt«, erwiderte Azumi. »Das ist unsere neue Schule.«

»Und warum seid *ihr* hier?«, erkundigte sich Marcus.

»Del Larkspur will einen neuen Horrorfilm drehen«, erklärte Dash. »Und wir spielen die Hauptrollen.«

»Del Larkspur?«, quiekte Poppy. »Hast du *Del Larkspur* gesagt?«

Dylan seufzte. »Endlich machen wir Fortschritte. Du kennst Del?«

Poppy sprach so leise, dass Dylan Mühe hatte, sie zu verstehen. »Ähm, nein. Ich wurde von meiner Großtante eingeladen, bei ihr zu wohnen. Aber sie heißt *Delphinia* Larkspur.«

»Vielleicht ist das ja dieselbe Person«, überlegte Dash laut. »Wir dachten, Del sei ein Männername, aber es könnte auch die Kurzform von Delphinia sein.«

Poppys Wirbelsäule prickelte, und ihre Finger fühlten sich taub an. Das klang alles ziemlich dubios. »In ihrem Brief hat meine Großtante nichts von einem Film geschrieben.«

Sie dachte daran zurück, wie sie mit den anderen Mädchen zusammen im Gemeinschaftsraum von Thursday's Hope *Dad – voll verpeilt* angeschaut hatte und wie viel Spaß es gemacht hatte, die Abenteuer dieser lustigen Familie auf dem kleinen Fernseher zu verfolgen. Die Eltern waren oft sauer über die Verrücktheiten ihrer Kinder, doch am Ende jeder Episode verziehen sie ihnen, weil sie sie liebten.

»Moment mal.« Dylan kniff die Augen zusammen und fragte kopfschüttelnd: »Was für ein Brief?«

Azumi atmete laut hörbar aus, während sie in ihrer Schultertasche kramte und dann den Ausdruck herauszog, den sie Poppy und Marcus bereits gezeigt hatte. Marcus folgte ihrem Beispiel, zückte die E-Mail, die seine Mutter ausgedruckt hatte, und reichte sie den Zwillingen. Auch Poppy holte ihren handgeschriebenen Brief aus der Tasche.

Die Zwillinge überflogen alles, und danach zog Dylan sein Handy aus der Tasche und rief die E-Mail der Larkspur Productions GmbH auf. Als sie fertig waren, sahen die fünf einander ratlos an und blickten sich dann argwöhnisch um, als vermuteten sie, jemand könnte sie beobachten.

»Das ist ja komisch«, meinte Dash schließlich. »Schaut euch die Namen an. *L. Delphinium* hat an Marcus' Mutter geschrieben. *Del Larkspur* und *Delphinia Larkspur* haben uns geschrieben, und ...« Er warf Poppy einen verlegenen Blick zu. »Entschuldige, wie heißt du noch gleich?«

»Poppy«, antwortete sie leise und verschränkte die Arme vor der Brust, weil ihr plötzlich kalt war.

»Richtig.« Dash gab jedem sein Schreiben zurück. »Das Ganze ergibt irgendwie keinen Sinn. Ich meine, man könnte fast meinen, dass uns jemand an der Nase herumführen will.«

»Nicht unbedingt.« Marcus sah sich erneut um. »Dieses Gebäude ist so riesig, dass hier mehrere Sachen untergebracht sein könnten: eine Schule, ein Filmset, die Privatwohnung einer Großtante.«

Azumi reagierte als Erste. »Trotzdem ist und bleibt es merkwürdig. Marcus hat Poppy vorhin bewusstlos auf der Straße aufgelesen.«

»Wieso das?«, fragte Dylan.

»Keine Ahnung«, antwortete Poppy mit großen Augen. »Ich bin einfach kurz ohnmächtig geworden oder so.«

Die Zwillingsbrüder sahen sie an, als sei sie der totale Freak, und sie griff instinktiv zu den Abwehrmechanismen, die sie im Waisenhaus gelernt hatte. »Apropos merkwürdig: Azumi hat am Waldrand eine Art Kreatur gesehen und gedacht, sie würde Marcus und mich verfolgen. Aber als wir hier ankamen und uns umgedreht haben, war nichts zu sehen.«

»Ich habe nie gesagt, dass es eine *Kreatur* war.« Azumi bekam einen roten Kopf. »Es war irgendein Tier. Ein großes Tier. Wartet, ich habe ein Foto gemacht.« Sie zog ihr Smartphone aus der Tasche und wischte ein paarmal darüber. Dann runzelte sie die Stirn. »Vorhin war es noch da – ein schwarzer Fleck. Mit golden funkelnden Augen. Es sah aus wie ... keine Ahnung.«

Sie ließ ihr Handy herumgehen. Als es bei Poppy ankam, sah sie nur eine Wiese im Sonnenschein, ein Bild ohne Flecken oder ungewöhnliche Schatten.

»*Wir* haben vorhin einen Jungen auf der Treppe gesehen«, berichtete Dash. »Mit einer Hasenmaske.«

»Das wird ja immer schräger«, sagte Marcus. »Ich fände es nett, zur Abwechslung mal einen *Erwachsenen* zu sehen.«

»Zum Beispiel meine Großtante«, meinte Poppy.

»Oder einen der Lehrer«, fiel Azumi mit ein.

»Oder jemanden von der Filmcrew«, ergänzte Dylan.

Dash löste sich von der Gruppe und blickte die Treppe hinauf. »Hallo?«, rief er, und das Echo seiner Stimme flatterte um die Dachsparren wie Fledermäuse, die in einem Haus eingesperrt waren. »Ist hier jemand?«

Die Gruppe wartete schweigend, doch es kam keine Antwort.

KAPITEL 10

Azumi und Marcus stellten ihr Gepäck im Eingangsbereich neben die Sachen der Zwillinge. Poppy dagegen wollte sich nicht von ihrer Umhängetasche trennen.

»Der Junge mit der Maske ist die Treppe hochgelaufen«, sagte Dylan. »Vielleicht sollten wir dort oben nachsehen.«

Ohne auf seinen Vorschlag einzugehen, verschwand Azumi mit Marcus durch eine der Türen, die vom Eingangsbereich abgingen. Wenig später rief sie laut: »Wow! Das müsst ihr euch ansehen!«

Poppy lief ihnen nach, blieb aber auf der Türschwelle noch einmal stehen und blickte sich nach den Zwillingen um. »Kommt ihr?«, fragte sie mit leiser, bebender Stimme. Etwas widerwillig folgten sie ihr.

Marcus stand am Eingang eines langen Saals.

Der Raum sah aus, als sei er für eine extravagante Party geschmückt worden. Von der Decke hingen rote und weiße Papiergirlanden, die oben an den Regalen entlangführten, die mit alten Brett- und Denkspielen bestückt waren, von dort aus weiter zu den hohen Fenstern verliefen, die eine ganze Wand einnahmen, und schließlich an der Tür endeten. Luftballons schwebten sachte über einen dicken Perserteppich, angetrieben von einem Luftzug, den Marcus allerdings nicht spüren konnte. Sie sahen aus wie herumwuselnde Nagetiere, die schnüffelnd nach Krumen der Geburtstagstorte suchten. Die Sofas und Stühle, die alle zur Mitte des Raums zeigten, waren so abgewetzt, als stünden sie seit einem Jahrhundert hier und seien von den Kindern, die hier spielten, ausgiebig benutzt worden.

Es ist eine Musikakademie, sagte sich Marcus und beäugte seine vier Begleiter trotzig. *Kann gar nichts anderes sein.* Er schloss kurz die Augen und trommelte mit den Fingern auf seinen Bauch, weil er im Moment kein Instrument zur Hand hatte. Was würden die anderen denken, wenn er sein Cello holen und hier und jetzt anfangen würde zu spielen? In seinem Kopf erklang die vertraute Melodie, immer noch so süß wie Blaubeertörtchen. Doch sie wurde lauter und lauter, und Marcus musste die Zähne zusammenbeißen, um den Musiker nicht anzuschreien, doch bitte damit aufzuhören.

Plötzlich schlangen sich zwei Arme von hinten um seine Taille, und jemand brüllte ihm ins Ohr: »Buh!«

Vor Schreck hätte Marcus beinahe laut aufgeschrien, aber da sprang Dylan mit einem Satz hinter ihm hervor.

Dylan lachte schallend über seinen kleinen Scherz. Dash boxte ihn empört gegen den Arm und zischte: »Fängst du schon wieder an?« Er sah Marcus entschuldigend an, doch Marcus konnte sich kein Lächeln abringen. Er fand diesen Überfall nicht witzig. Warum sahen ihn alle an, als hätte er nicht mehr alle Tassen im Schrank? Genauso hatten seine Geschwister geguckt, nachdem sie erfahren hatten, dass die Ärzte ihn mit Medikamenten ruhigstellen wollten, um ihn von seinen »Halluzinationen« zu heilen.

»Sorry, Kumpel, tut mir leid«, sagte Dylan und hörte auf zu lachen. »Du hast so ernst ausgesehen, wie in Trance. Als würdest du einen inneren Kampf ausfechten. Und dagegen musste ich etwas tun. Alles okay?«

»Ja, schon gut.« Marcus nickte. »Aber danke für deine *Besorgnis*.«

Die anderen schlenderten zu den Regalen und betrachteten die dort gelagerten Spielekartons.

»Meint ihr, sie haben den Saal für uns so dekoriert?«, fragte Marcus. *Das wäre nett*, sagte er sich. Auch wenn es noch sehr viel netter gewesen wäre, wenn jemand gekommen wäre, um sie zu begrüßen ... und wenn einer der anderen ihm eine Antwort gegeben hätte.

Eine sonderbare Konstruktion aus grauem Drahtgeflecht stand auf einem Tisch am Fenster, eine Art Trommel auf einem Gestell. Auf einer Seite dieser Trommel war ein gebogener Griff angebracht, der in etwa die Form eines S hatte und eine Kurbel zu sein schien. Im Inneren der Trommel befanden sich Dutzende kleiner roter Kugeln.

Neugierig ging Marcus näher. Seine Großmutter hatte ihn einmal zu einem Bingo-Abend im Keller der St.-Luke's-Kirche in Ohio mitgenommen. Der Spielleiter hatte eine ganz ähnliche Apparatur benutzt. Immer mal wieder war eine Kugel herausgefallen, und er hatte die Zahl darauf laut vorgelesen.

Vorsichtig griff Marcus nach der Kurbel und drehte die Drahttrommel. Die Kugeln im Inneren ratterten, und eine von ihnen glitt heraus und fiel mit einem satten *Plink*! auf die Tischplatte.

Marcus nahm die Kugel in die Hand und drehte sie um. Er entdeckte allerdings keine Zahl, sondern einen weißen Buchstaben: S. *Komisch*, dachte er. *Bingo ist es jedenfalls nicht*. Er drehte die Kurbel erneut, und diesmal kullerte der Buchstabe P heraus. Marcus ließ die Kurbel los, doch weitere Kugeln rollten aus der Trommel, und jede blieb so liegen, dass der Buchstabe darauf zu lesen war. Erst ein I, dann ein E, ein L und schließlich ein T.

SPIELT

Weitere Kugeln purzelten ganz von selbst heraus.

SPIELTMITUNS.

SPIELT MIT UNS.

Marcus bekam eine Gänsehaut. »Äh, Leute?«, rief er und wünschte sich, die anderen stünden nicht so weit weg von ihm.

Azumi hatte sich auf die Zehenspitzen gestellt und angelte gerade nach einer großen Papiertüte, die ziemlich weit oben in einem Regal lag.

»Was ist das?«, fragte Poppy. Als Azumi die Tüte berührte, fiel sie von selbst herunter, und ihr Inhalt verteilte sich auf dem Fußboden. Die beiden Mädchen wichen erschrocken einen Schritt zurück.

Marcus konnte nicht genau erkennen, worum es sich handelte, aber es sah aus wie kleine menschliche Puppen.

KAPITEL 11

Azumi hätte nicht sagen können, warum sie ausgerechnet zu der großen Papiertüte oben im Regal gegriffen hatte, doch als deren Inhalt nun vor ihr auf dem Boden lag, wurde ihr ganz mulmig.

Vor ihr lagen fünf kleine Puppen. Sie bestanden aus starrem Pappmaschee, also nichts, womit ein Kind gern spielen würde. Die Gesichter und auch die Kleidung der Püppchen waren mit grellen, glänzenden Acrylfarben bemalt.

Die beiden Püppchen, die am weitesten nach links gefallen waren, hatten hellbraune Gesichter und trugen Shorts, T-Shirts mit Aufdruck und Sandalen. Neben ihnen war ein Mädchen mit heller Haut, Sommersprossen und goldbraunen schulterlangen Haaren zu liegen gekommen; eine pinkfarbene Umhängetasche war direkt auf die Kleidung aufgemalt. Daneben lag ein rothaariger Junge mit Locken, die so fachmännisch schattiert waren, dass man das Gefühl hatte, sie würden mit einem *Pling*! an den Kopf zurückspringen, wenn man daran zog. Dieses Püppchen trug eine schwarze

Sportjacke, eine Kakihose und ein Paar abgelatscht aussehende weiße Converse All-Stars. Ganz rechts lag ein Püppchen mit langen schwarzen Haaren. Ihre enge Jeansjacke war nur aufgemalt, und das schwarze Kleid darunter endete knapp über den schmalen Knöcheln.

»Das sind ja *wir«*, rief Marcus erschrocken.

»Sie haben sogar die gleichen Sachen an«, sagte Poppy und wollte instinktiv nach dem Püppchen greifen, das wie sie aussah, doch etwas hielt sie davon ab.

»Wie kann das sein?«, fragte Dash.

»Jemand hat sie entsprechend bemalt«, erklärte Marcus.

»Das sehe ich auch«, erwiderte Dash. »Aber so etwas von Hand herzustellen dauert seine Zeit. Die Bühnenbildner an unserem Set in Hollywood bräuchten mindestens einen vollen Tag, um so etwas anzufertigen. Und die Farbe ist schon trocken.«

»Wie konnte derjenige, der diese Püppchen gemacht hat, wissen, was wir heute tragen?«, fragte Poppy perplex.

»Schaut mal ...« Azumi berührte die Schnur, die um den Hals ihres Pappmaschee-Ebenbilds geschlungen war. Auch die anderen Figürchen hatten jeweils eine Schlinge um den Hals.

Mit spitzen Fingern griff Azumi nach der Schlinge, die um den Hals ihres Ebenbilds hing, und hob das Püppchen daran hoch. Die Azumi-Puppe drehte sich in der Luft und blickte sie alle an, reglos wie eine Leiche und mit genauso leblosen

Augen. Am liebsten hätte Azumi das Püppchen weit weg von sich in eine Ecke geschleudert, doch das beklemmende Gefühl, dass dann etwas Schlimmes passieren würde, hielt sie davon ab.

»Das sind Piñatas«, meinte Marcus. »Ihr wisst schon, diese mexikanischen Figuren, kennt man von Partys. Unser Empfangskomitee muss allerdings vergessen haben, sie aufzuhängen.« Auf der Suche nach Haken blickte er zur Decke. »Und sind Piñatas nicht mit Süßigkeiten gefüllt? Mit Bonbons, kleinen Spielsachen und Ähnlichem?«

Dash griff nach der Figur, die aussah wie er, und schüttelte sie. Es klang, als würde Sand durch eine Sanduhr rieseln.

»Ich habe noch nie mit einer Piñata gespielt«, sagte Azumi.

»Man spielt nicht mit ihnen«, erklärte Poppy. »Man zerschlägt sie.«

»Ich will nichts zerschlagen.« Dash wandte sich an Dylan. »Ich will nur hier weg.«

Zur Überraschung der anderen griff Poppy nach der Figur, die aussah wie sie, und verdrehte ihr mit einem Ruck den Arm. Der brach am Ellbogen ab, und Unterarm und Hand baumelten in einem komischen Winkel herunter.

Marcus schnappte hörbar nach Luft, so als hätte sie das gerade mit *seinem* Arm gemacht.

»Was machst du da?«, fragte Dylan.

»Ich wollte nur wissen, was drin ist.« Poppy sah den Rest der Gruppe verlegen an. Dann drehte sie die Figur um und schüttelte sie. Sandige graue Körnchen rieselten aus dem Loch im Arm. Einige waren so winzig, dass sie wie feine Rauchschwaden durch die Luft trieben. Der Großteil der Körnchen fiel auf den Teppich neben Poppys Sneakers und sammelte sich dort zu einem Häufchen.

Mit einer Hand wedelte Poppy die Staubwolke weg, mit der anderen hielt sie sich ihr T-Shirt vor Mund und Nase. Dann legte sie die Figur auf das Sofa, bückte sich, nahm eine Prise der Körnchen zwischen Daumen und Zeigefinger und zerrieb sie. Ihre Finger färbten sich dunkelgrau. »Asche«, stellte sie fest.

»Asche zu Asche«, flüsterte Marcus mit einem schiefen Grinsen. Doch keiner lachte.

»Blöder Witz«, fauchte Azumi.

In diesem Moment vibrierte es in Dylans Hosentasche. Alle wichen einen Schritt zurück, als würde gleich eine Bombe explodieren.

KAPITEL 12

Dylan zog sein Smartphone aus der Tasche und sah zu seiner Überraschung Buchstaben auf dem Display. *Eine neue Sprachnachricht!* Er zeigte es der Gruppe.

»Komisch«, meinte Dash. »Es hat nicht mal geklingelt.«

Das schien Dylan nicht zu stören. »Seht ihr?«, rief er. »Sie suchen nach uns. Das Ganze war bestimmt nur ein Versehen.« Er schaltete den Lautsprecher ein, drückte auf ABSPIELEN und hielt sein Handy so, dass alle mithören konnten.

Zuerst war nur ein Rauschen zu hören. Dann ertönte eine Stimme, leise und heiser wie das Flüstern eines Schwerkranken. »... schön, dass ihr hier seid ...« Dylan glaubte, im Hintergrund Geräusche wahrzunehmen. »... Spiele beginnen ...«, fuhr die Stimme fort. »In der Bibliothek.«

Die Nachricht endete mit mehreren Klickgeräuschen und etwas, das wie ein Knurren klang, dann wurde es still. Dylan drückte auf ANTWORTEN, um Del mitzuteilen, dass sie gleich kommen würden, doch komischerweise war der Empfang wieder weg.

»Das klang aber nicht wie deine Großtante«, flüsterte Azumi Poppy zu.

Poppy wurde rot. »Vielleicht hat sie ja eine tiefe Stimme?« Die anderen wussten nichts darauf zu sagen.

Schließlich zuckte Dylan mit den Schultern. »Sieh doch mal auf deinem Handy nach, vielleicht hast du auch eine Nachricht erhalten.«

»Ich habe kein Handy«, sagte Poppy. Sie errötete noch mehr. »Ähm … ich meine, ich habe es unterwegs verloren.«

»Ach nee«, entgegnete Dylan. Dash warf ihm einen warnenden Blick zu.

Schweigen machte sich breit. Die Püppchen auf dem Fußboden starrten zu ihnen hoch.

»Na gut, dann suchen wir doch mal nach dieser Bibliothek«, schlug Dylan schließlich vor. »Es klang so, als würde Del uns dort erwarten.«

»Hat jemand zufällig eine Karte von diesem Gemäuer?«, fragte Marcus belustigt.

»Logo«, konterte Dylan, »ich habe vorhin an der Rezeption eine mitgenommen.«

Dash stieß seinen Bruder mit dem Ellbogen an, um ihn zu warnen, es nicht wieder zu übertreiben. Das tat Dash dauernd, was Dylan ernsthaft nervte. Er machte einen Schritt von seinem Bruder weg. »Ich würde vorschlagen, dass wir uns trennen. Dann finden wir die Bibliothek sicher schnell.«

»Schnell?«, wiederholte Azumi. »Was soll denn daran schnell gehen? Der Laden ist so groß wie ein Palast.«

Dylan lächelte sie an, obwohl er langsam sauer wurde. »Ja, ist mir auch aufgefallen. Wir treffen uns dann hier wieder, sagen wir in etwa zwanzig Minuten.«

Dash musterte ihn. »Ich weiß nicht, Dylan. Was macht dein Kopf?«

»Wie oft muss ich dir noch sagen, dass es mir *absolut gut* geht, bevor du es kapierst?«, fauchte Dylan.

»Ich habe mir nur gerade überlegt, ob du und ich nicht lieber nach draußen ins Freie gehen sollten. Vielleicht gibt es da Empfang …«

»Mann! Entspann dich! Del hat gesagt, dass er uns in der Bibliothek erwartet.«

Dash zuckte zusammen. »Entschuldige, es ist nur …«

Azumi trat zwischen die beiden. »*Ich* habe nicht gehört, dass er uns da *erwarten* würde.«

Dylan runzelte die Stirn. »Poppy und ich gehen jetzt nach oben, wo wir vorhin den maskierten Jungen verschwinden sahen. Er ist vermutlich zum Set gelaufen.«

»Ähm … okay«, sagte Poppy zögernd.

»Und wer weiß, vielleicht ist der Empfang oben etwas besser. Dann kann ich Del zurückrufen.«

»Azumi und ich gehen auch zusammen«, sagte Marcus. »Wir suchen ja beide nach irgendwelchen Lehrern. Ich würde sagen, wir sehen uns hier im Erdgeschoss um.«

Azumi nickte zustimmend, als sei sie froh, von Dylan wegzukommen.

»Und was ist mit mir?«, fragte Dash.

Dylan grinste hämisch. »Du bleibst hier im Eingangsbereich, in der Nähe der Treppe, falls jemand vorbeikommt. Dann brauchst du nicht in dem großen, gespenstischen Haus herumzuwandern.«

»Aber ...«

Dylan hielt eine Hand hoch. »Jemand muss sowieso bei unseren Sachen bleiben. Warum nicht du?«

Dash biss die Zähne zusammen. »Na schön«, brummte er. »Aber sobald du dich komisch fühlst oder dir schwindelig wird, kommst du sofort wieder her, okay?«

»Wie du meinst, kleiner Bruder.« Mit diesen Worten ging Dylan zur Tür.

KAPITEL 13

»Hallo?«, rief Poppy, und ihre zarte Stimme hallte erstaunlich laut durch die verwinkelten Gänge des ersten Stocks. »Ist hier jemand?«

Dylan und sie rüttelten an sämtlichen Türknäufen, an denen sie vorbeikamen. Einige der Türen waren abgeschlossen, doch hinter denen, die sich öffnen ließen, war nichts Außergewöhnliches zu entdecken, außer dass alle Räume – Aufenthaltsräume, Lesezimmer, Büros – alt aussahen und menschenleer waren.

»Ich mag eure Serie«, sagte Poppy, als sie um eine weitere Ecke bogen, wodurch das Tageslicht hinter ihnen spürbar schwächer wurde. »Scoots ist meine Lieblingsfigur.«

»Oh Gott, wie ich diesen Namen hasse.« Dylan schniefte und blickte stur geradeaus. »Ich bin ehrlich gesagt froh, dass ich die Rolle los bin.«

Poppy errötete. Hatte sie ihn etwa gekränkt? »Oh nein! Ist die Serie etwa zu Ende?«

»Dash und ich sind raus. Vor einigen Tagen haben wir die letzte Episode abgedreht. Es lief sowieso nicht mehr gut.«

»Ich glaube, ich habe neulich in irgendeinem Blog etwas über euch gelesen.« Sie versuchte, sich an den Artikel zu erinnern. »Kann sein, dass es sogar um diesen neuen Film hier ging.«

Sie waren inzwischen in einen Raum mit Aktenschränken und Schreibtischen angelangt. Poppy fühlte sich an Mrs Tates Büro in Thursday's Hope erinnert. An einer Wand hing eine Kohlezeichnung, die ihr vage vertraut vorkam. Doch vor lauter Aufregung, neben dem berühmten Scooter Underwood zu stehen, fiel ihr auf die Schnelle nicht ein, woher sie das Bild kannte.

»Hier ist auch nichts«, sagte Dylan. Dann fuhr er fort: »Die Serie zu verlassen war eigentlich keine große Sache. Es war Zeit für etwas Neues. Deshalb sind Dash und ich hier. Wir wollen einfach den nächsten Schritt wagen. Mal was anderes machen.«

»Aha.« Poppy hörte, wie die Holzdielen unter ihren Füßen knirschten, was wie kleine, spitze Schreie klang, die durch die Gänge hallten. »Aber ihr werdet es doch bestimmt vermissen, oder? Zu so einer Familie zu gehören, die ...«

»Das war nicht *unsere* Familie«, fiel Dylan ihr ins Wort. Er drehte sich zu ihr um. »Es war nur eine Gruppe von Schauspielern, die dafür bezahlt worden sind, so zu tun. Und die meisten von ihnen waren sowieso Idioten. Sie haben Dash und mich kaum eines Blickes gewürdigt.«

»Dann habt ihr es jedenfalls echt gut hingekriegt, es so aussehen zu lassen, als würdet ihr euch bestens verstehen.«

Poppy wählte ihre Worte mit Bedacht. »Ich ... ich hatte nie eine Familie. Deshalb habe ich mir eure Sendung so gern angeschaut. Sie hat mir das Gefühl gegeben, dazuzugehören. Wenn ihr gelacht habt, habe ich immer mitgelacht.«

Dylan starrte sie perplex an. »Wow. Das ist ... das ist ja wirklich ... *wow*!«

Poppy merkte, dass ihre Wangen glühten. »Ich wollte damit nur sagen, dass ... na ja, dass es Spaß gemacht hat. Ich fand euch im Fernsehen immer lustig.«

»Ja, echt lustig. Aber sag mal, was für ein Mensch hat keine Familie?«, fragte er, während sie weiter durch den dämmerigen Korridor gingen.

»Was für ein Mensch?«, wiederholte Poppy, und ihr Magen zog sich zusammen. Diese Frage hatte sie sich wahrlich schon oft gestellt. Was hatte sie an sich, dass niemand sie haben wollte? »Viele Leute haben keine Familie. Jedenfalls keine Familie im traditionellen Sinn. Nicht wie die, die man im Fernsehen sieht. Ich habe zusammen mit anderen Mädchen in einem Heim gewohnt. Einige von ihnen sind Waisen, andere haben Eltern, die nicht für sie sorgen können. Meine Mutter ... Na ja, sie weggegangen, als ich noch klein war. Und so bin ich in einem Kinderheim, in Thursday's Hope gelandet.«

»Mann, das ist echt krass«, erwiderte Dylan, ohne sie anzusehen. »Deshalb war es sicher sehr aufregend für dich, von deiner Großtante zu hören, oder?«

»Ja, natürlich. Es war, als würde ein Traum wahr werden. Und gleich werde ich sie treffen.«

Poppy beschloss, sich lieber wieder einem unverfänglicheren Thema zuzuwenden. »Es muss cool sein, mit seinem Zwillingsbruder zusammenzuarbeiten.«

Dylan schnaubte verächtlich. »Dash kann einem tierisch auf den Geist gehen.«

Etwas an Dylans Grübchen ging Poppy zunehmend auf den Geist. »Ist dir eigentlich klar, was für ein Glück du hast, einen Bruder zu haben?«

»Schon, aber Dash ist so ...« Dylan blieb stehen und sah sie an. »Du hast keine Ahnung, wie nervig er sein kann.«

»Er scheint sehr an dir zu hängen.«

»Die Leute hängen hauptsächlich an *ihm*, das steht fest.« Dylan ging weiter.

»Was willst du damit sagen?«

»Damit will ich sagen, dass die Leute dauernd an mir herummeckern: ›Oh, Dylan, warum kannst du nicht etwas mehr Verantwortungsgefühl haben? Warum bist du nicht ein bisschen mehr wie Dash?‹ Dabei kennen sie ihn gar nicht! Sie wissen nicht, wie weit er es manchmal treibt und wie fies er sein kann. *Ich* bin jedenfalls *nicht* der böse Zwilling.«

Dylan war zunehmend lauter geworden, und nun holte er tief Luft, als sei er selbst überrascht über seinen Gefühlsausbruch. Er rieb sich die Schläfen. »Ich glaube, die Leute werden sich wundern, wenn sie uns näher kennenlernen«, fügte er hinzu.

Nun blieb Poppy stehen.

»Was ist?«, fragte Dylan.

»Wie kannst du so etwas Gemeines über deinen Bruder sagen?«

Dylan verschränkte die Arme. »Tut mir leid. Ich hätte mir denken können, dass du auch ein Dash-Fangirl bist.«

Poppy schüttelte den Kopf. »Du bist ganz anders, als ich gedacht habe. Im Fernsehen bist du immer so nett rübergekommen, aber das beweist nur, dass du ein besserer Schauspieler bist, als alle denken. Mir tut dein Bruder leid.« Poppy merkte, dass sie zitterte. »Und du tust mir auch leid.«

Sie verspürte eine leise Genugtuung, als Dylan die Kinnlade runterfiel.

»Ich gehe jetzt zurück«, verkündete Poppy. »Ich will mich noch mal in dem Büro von vorhin umsehen.«

»Gut, ich komme mit.«

»Nein, das schaffe ich auch allein. Lass mich!«

Dylan zuckte mit den Schultern und marschierte davon.

Poppy spielte kurz mit dem Gedanken, ihn zurückzurufen, hielt sich dann aber zurück. Sie war es schließlich gewöhnt, Dinge allein zu machen. Trotzdem fühlte sich der Korridor ohne Dylan plötzlich so leer an. Hier in Larkspur stimmte etwas nicht. Etwas, das sie nicht in Worte fassen konnte.

Entschlossen drehte sie sich um und ging zu dem Büro zurück.

Sie stellte sich vor den Bilderrahmen neben der Tür. Bei näherem Hinsehen erkannte sie, dass auf dem Bild fünf Kinder abgebildet waren. Drei Jungen und zwei Mädchen. Ihre Mienen waren finster und ihre Augen leer und ausdruckslos. Außerdem trugen sie alle eine Schuluniform aus steifem, dunklem Flanell und gestärkter weißer Baumwolle – die Jungen kurze Hosen und die Mädchen Röcke. Vermutlich waren sie vor fünfzig oder sechzig Jahren hier zur Schule gegangen.

Vielleicht haben Marcus und Azumi ja recht, und es ist tatsächlich eine Schule, dachte Poppy. Aber wieso kam ihr die Zeichnung so vertraut vor? Dann fiel es ihr plötzlich wieder ein. Das Mädchen im Spiegel hatte ihr eine ganz ähnliche Zeichnung geschenkt – das Bild, das Ashley zerknüllen wollte. Nur dass die Kinder auf *ihrer* Zeichnung Masken getragen hatten.

Je länger Poppy das Bild an der Wand anstarrte, desto mehr schnürte es ihr die Kehle zu. Denn es war der Beweis, dass ihre älteste Freundin, das Phantommädchen, das sie an diesem Morgen vor den Toren von Larkspur auf den Boden geworfen hatte, das Mädchen im Spiegel, etwas mit Larkspur zu tun hatte.

»Delphinia, wo bist du?«, flüsterte sie beklommen.

KAPITEL 14

Stinksauer setzte Dylan seine Suche nach der Bibliothek und nach Del fort. Diese Poppy war das Letzte. Wie sie seinen Bruder in Schutz genommen hatte – eine Frechheit! Nur weil sie sie beide im Fernsehen gesehen hatte, bildete sie sich ein, sie zu kennen. *Ich bin froh, dass sie allein weitersuchen wollte,* sagte er sich. *Sie hat ja keine Ahnung. Sie weiß nicht, dass ich ...* Er würgte diesen Gedanken ab, als würde er eine Tür zuschlagen.

Der Korridor wurde immer verwinkelter und führte immer weiter weg vom Tageslicht. Als Dylan um eine weitere Ecke bog, hatte er das Gefühl, die Dunkelheit würde wie mit Händen nach ihm greifen. Schnell zog er sein Handy aus der Tasche, hielt es hoch und schaltete die Taschenlampen-App ein. Der blasse Lichtstrahl reichte jedoch höchstens einen Meter weit, so als wäre die Dunkelheit hier dichter als normal. Als wären die Schatten lebendig geworden. Auf der Suche nach einem Lichtschalter leuchtete er die Wände auf beiden Seiten ab, doch außer der glänzenden blauen Tapete, die ins Schwarze überging, war da nichts.

Als Dylan sein Smartphone checkte, um zu überprüfen, ob er hier eventuell Empfang hatte, nahm er plötzlich ein Geräusch wahr. In einiger Entfernung hatte sich etwas bewegt, und es hatte metallisch geklungen. »Del?«, rief er. »Sind Sie es?«

Eine dunkle Gestalt löste sich aus der Dunkelheit und kam langsam auf ihn zu. Dylan kniff die Augen zusammen. Sah das Gesicht wirklich so komisch aus, oder spielte ihm die Dunkelheit einen Streich?

Der Lichtstrahl seines Handys fing die Gestalt ein, und Dylan sah, dass es ein weiterer Junge mit einer Maske war – einer Bärenmaske. Schwarze Augenhöhlen starrten ihn an, als wenn hinter der Maske nichts wäre außer einer endlosen Leere.

Dylan bekam eine Gänsehaut. Warum war es auf einmal so kalt? Der Junge trug Fußfesseln, die durch eine kurze, rostige Kette miteinander verbunden waren.

Ein scharfer Schmerz explodierte in Dylans Hinterkopf, und seine Augen begannen zu tränen. Er konnte nur noch verschwommen sehen, und sein Körper prickelte wie vorhin auf der Treppe. Erneut schien die Welt um ihn herum zu einer fernen Erinnerung zu verblassen.

Er glaubte, wieder in der Garderobe zu sein, am Set der Fernsehserie. Und es war dunkel, dunkler als in den Gängen von Larkspur. Sein Kopf fühlte sich an, als sei er mit einer stumpfen Klinge aufgeschlitzt worden, und als er ihn betastete, floss eine warme, klebrige Flüssigkeit über seine Finger.

Er versuchte zu schreien, doch sein Mund gehorchte ihm nicht. Da merkte er, dass er klatschnass war, und das kam nicht nur von dem Blut. Er machte einen Schritt nach vorn, zu einer Lampe, die knapp außerhalb seiner Reichweite war. In dem Moment kam Dash aus der Dunkelheit auf der anderen Seite der Garderobe auf ihn zugelaufen. Sein Gesicht war angstverzerrt, was Dylan furchteinflößender fand als jede Bären- oder Hasenmaske.

Schlagartig konnte Dylan wieder klar sehen. Der Schmerz war weg, und er war zurück im Korridor von Larkspur. Er sackte zusammen und konnte sich gerade noch an der Wand abstützen. Der Junge mit der Bärenmaske beobachtete ihn schweigend.

»H-hilf mir.« Die Worte waren aus Dylans Mund gekommen, bevor er sie stoppen konnte. Der Bärenjunge wich einen Schritt zurück.

Dylan schüttelte den Kopf, um diese merkwürdige Schwäche abzuschütteln. Falls der Junge zum Cast des Horrorfilms gehörte, dann wollte Dylan auf gar keinen Fall, dass er Gerüchte über ihn verbreitete, bevor die anderen ihn überhaupt gesehen hatten. Dylan taumelte auf den Jungen zu, um ihn am Arm zu packen. »Warte.« Er holte tief Luft. »Mir geht's gut. Ich suche nach Del.«

Doch der Junge drehte sich um und rannte weg.

Dylan blieb nichts anderes übrig, als ihm nachzulaufen. Der Korridor wollte und wollte kein Ende nehmen, obwohl er schon jetzt so lang war, dass er unmöglich ins Haus passen konnte. Im Lichtstrahl seines Handys sah Dylan undeutlich die rasselnde Kette zwischen den Knöcheln des Jungen. »Warte doch mal!«, rief er. »Ich muss mit dir reden!«

Die Gestalt vor ihm flitzte nach rechts, und Dylan rannte ihr nach. Er konnte eine schmale Treppe erkennen, die nach oben ins Dunkel führte. Am oberen Ende der Treppe schlug eine Tür zu, und das Klicken, mit dem sie ins Schloss fiel, hallte zu Dylan hinunter wie ein Schlusspunkt am Ende eines sehr langen Satzes.

Immer zwei Stufen auf einmal nehmend, hastete Dylan die Stufen hinauf. Oben angekommen zog er am Türgriff. Die Tür gab ein paar Zentimeter nach, doch offenbar wurde sie von der anderen Seite zugehalten.

»Hey«, rief Dylan und zog mit aller Kraft. »Ich wollte dich nicht erschrecken. Ich wollte doch nur ...«

Da gab die Tür plötzlich nach, und Dylan stolperte so abrupt rückwärts, dass er um ein Haar wieder die Stufen hinuntergestürzt wäre. Sein Handy war irgendwo mit dem Display nach unten auf den Boden gefallen, sodass es auf dem Treppenabsatz beinahe stockdunkel war.

Etwas kam durch die Tür auf ihn zu.

Klirr, klirr, klirr.

Die metallische Fußkette rasselte leise. Direkt über seinem Kopf hörte Dylan gedämpfte Atemzüge.

Huhh. Huhh. Huhh.

Vor lauter Angst konnte Dylan sich nicht rühren. Der Junge kam näher, die Holzdielen knarrten unter Dylans Rücken.

Er schloss die Augen und hoffte, dadurch unsichtbar zu werden. Dieser mysteriöse Junge konnte unmöglich zur Filmcrew gehören. Aber was hatte er dann hier in Larkspur zu suchen? Und warum trug er eine Maske?

Die Atemzüge kamen noch näher. Jetzt waren sie nur noch wenige Zentimeter von Dylans Gesicht entfernt.

Instinktiv riss Dylan die Arme hoch, um den Jungen wegzustoßen. Doch seine Hände griffen ins Leere. Alles, was er zu fassen bekam, war Luft – eisige Luft. Dylan setzte sich auf und drückte sich mit dem Rücken an die Wand. Zitternd hörte er, wie sich das Klirren der Kette entfernte und die Tür mit einem lauten Knall zuschlug.

Panisch tastete Dylan auf dem Fußboden herum, bis er sein Handy wiedergefunden hatte, und richtete den Lichtstrahl nach oben.

Die Tür war verschwunden.

Dylan blinzelte. *Die Tür war verschwunden!*

Wo gerade eben noch der Türrahmen und die dunkle Holztür mit dem Metallgriff gewesen waren, sah er nur noch eine intakte Wand mit der gleichen blau gemusterten Tapete wie im Rest des Stockwerks.

Das muss ein Trick sein, dachte er. Das Ganze konnte nur ein Trick gewesen sein. Dylan hatte seinen Mitmenschen schon genügend Streiche gespielt, um zu wissen, wann er es mit einem zu tun hatte.

Benommen richtete er sich auf. Einen Moment lang spürte er Stiche im Kopf und befürchtete, gleich wieder die seltsame, grässliche Szene in seiner Garderobe erleben zu müssen. Er richtete den Blick vor sich auf die Wand, und kurz darauf ließ das mulmige Gefühl zum Glück nach.

Seine Hände zitterten, als er sich der Stelle näherte, wo vorhin noch die Tür gewesen war. Der Lichtstrahl seines Smartphones flackerte. Wenn es wirklich ein Trick war, fragte er sich, warum pochte ihm das Herz dann bis zum Hals?

Zögernd betastete er die Wand an der Stelle, wo die Tür gewesen war. Dann klopfte er. Die Wand war massiv. Er suchte nach einer Fuge oder einem Spalt, nach irgendetwas, das ihm verraten hätte, dass er auf eine Illusion hereingefallen war, auf einen Zaubertrick. Doch da war nichts, rein gar nichts.

Dylan lehnte sich mit dem Rücken an die Wand und leuchtete mit seinem Handy die schmale Stiege hinunter. Vielleicht hatte sich der Junge ja nur versteckt. Vielleicht wartete er dort unten auf ihn, gleich hinter der nächsten Ecke. Vielleicht ...

Auf einmal gab die Wand an seinem Rücken nach. Sie wurde weich wie ein Kissen, das ihn zum Schlafen verlockte und eine Nacht süßer Träume versprach. Dylan machte einen Satz nach vorn und starrte die Wand an. Zu seinem Entsetzen sah er den Abdruck seines Körpers in die Tapete eingedrückt, als wäre da keine Wand, sondern eine weiche Wachsform. Der

Umriss sah fast wie ein Schatten von ihm aus – oder von dem Jungen mit der Maske –, der sehnsüchtig darauf wartete, dass Dylan zurückkam und sich von ihm umfangen ließ.

Dylan machte auf dem Absatz kehrt und rannte die Treppe hinunter, ohne noch einmal zurückzublicken. Er drehte sich auch nicht um, als er hinter sich das Klicken eines Riegels und das Quietschen von Türangeln hörte, das durch den düsteren Korridor und die unsichtbaren Räume dahinter hallte.

KAPITEL 15

»Wozu braucht eine Privatschule dieses ganze alte Zeug?«, fragte Azumi, als sie an einem weiteren elegant eingerichteten Aufenthaltsraum vorbeikamen. »Und wo sind die Klassenzimmer?«

Sie und Marcus hatten schon unzählige offene Kamine gesehen, allesamt aus unterschiedlichen Materialien: Naturstein, Marmor, Backstein. Auf den Kaminsimsen standen bauchige Sturmlaternen, Bilderrahmen mit alten Fotos und kleine Porzellanfiguren, meist von Tieren. Bilder zierten die Wände – Porträts von wichtig aussehenden Personen in eleganten Kostümen und Anzügen sowie mehrere filigrane Landschaftsbilder vom Tal des Hudson River. Doch sie hatten noch nichts entdeckt, was auf eine Schule hingedeutet hätte.

»Vielleicht sollen die Räume hier nur die Besucher beeindrucken«, überlegte Marcus laut. »Eltern, die sehen wollen, wofür sie ihr Geld ausgeben.« Sein Stipendium erwähnte er lieber nicht noch mal. Ein so luxuriöses Haus hatte er jedenfalls noch nie gesehen, nicht mal auf dem Oberlin-Campus, wo er schon aufgetreten war. Er konnte kaum glauben, dass er ab jetzt tatsächlich hier leben durfte. Er bemühte sich, die Hände still zu halten, damit sie nicht anfingen, die rhythmischen Klänge des unsichtbaren Musikers mitzutrommeln. Azumi schien es zum Glück nicht zu bemerken.

»Ah, jetzt kommen wir der Sache näher«, sagte Azumi, als sie eine riesige Küche mit zahlreichen Wand- und Hängeschränken betraten. Die Kücheninsel genau in der Mitte schien aus einem massiven Block geschnitzt zu sein, der im Laufe der Jahre fleckig geworden war. »Diese Küche ist so groß, dass man mühelos ganze Schulklassen bekochen kann.«

Marcus öffnete einen der Wandschränke. »Stimmt.« Er holte einige Tabletts aus Metall heraus. »Schau mal!« Er zeigte Azumi das Emblem von Larkspur, das jeweils in der Mitte eingraviert war – der gleiche kleine Vogel, den sie auch schon am Eingang an den Pfeilern gesehen hatten. »Wir sind *nicht* verrückt! Das hier ist definitiv eine Schule.«

»Aber wo sind nur alle?« Azumi zog eine Schublade auf, die bis zum Rand mit angelaufenem Silberbesteck gefüllt war.

Marcus öffnete eine Tür neben dem gigantischen Kühlschrank und spähte in einen Nebenraum. »Hey, da drin sind lauter leckere Sachen. Hungrig?«

Ein Lächeln huschte über Azumis Gesicht. »Ehrlich gesagt schon.«

»Dann haben wir ja Glück.« Marcus betrat als Erster die riesengroße Speisekammer. Hier lagerten unzählig viele

Packungen Kekse und Cracker, Thunfisch- und Sardinenbüchsen, Gläser mit sauren Gurken und andere Konserven. Marcus riss eine Tüte mit Kartoffelchips auf und probierte. »Schmeckt ziemlich frisch.«

Azumi nahm sich eine Packung Schokowaffeln vor. Sie biss in die erste, schloss die Augen und seufzte. »Köstlich! Das Einzige, was sie noch köstlicher machen würde, wäre eine Tasse Senchatee von meiner Baaba.«

»Deine *Baaba*?«

»Meine Großmutter. Sie hat vor ihrem Tod einige Jahre bei uns gewohnt.«

Verlegenes Schweigen kehrte ein. Um es zu überbrücken, schlug Marcus hastig vor: »Wir sollten ein paar von den Sachen hier für die anderen mitnehmen, meinst du nicht auch?«

Azumi nickte. Aber zuerst aßen sie und Marcus sich satt. Im Stehen. An die Regale gelehnt. Nach so einem merkwürdigen Morgen tat es gut, etwas ganz Normales zu tun, wie zum Beispiel Snacks zu futtern.

»Wo kommst du eigentlich her?«, erkundigte sich Marcus.

Azumi schluckte ihren Cracker runter. »Aus einem Vorort von Seattle.«

»Und warum bist du hier?«, fragte Marcus weiter.

Azumi kniff die Augen zusammen. »Hab ich doch schon gesagt. Um hier zur Schule zu gehen.«

»Okay, aber warum so weit weg von zu Hause?«

»Na, Ohio ist auch nicht gerade um die Ecke, oder?« Azumi öffnete eine Tür, die von der Speisekammer abging, und entdeckte einen Raum, in dem etliche Reihen langer Tische standen. Tageslicht strömte durch die hohen Fenster herein. »Guck mal, das muss der Speisesaal sein.«

Marcus ließ sich nicht ablenken. »Ich bin hier, weil Larkspur eine großartige Musikakademie sein soll. Aber warum bist du nicht lieber näher bei deiner Familie? An der Westküste gibt es doch sicher auch gute Schulen, oder?«

Schnellen Schrittes eilte Azumi durch den Speisesaal auf die offene Tür am anderen Ende zu. »Meine Familie ist gerade etwas komisch.«

»Inwiefern komisch?« Marcus sah, dass Azumi einen roten Kopf bekam, und bereute seine Frage. Hastig ging er ihr nach.

Die offene Tür führte in eine Waschküche. Hier standen eine Waschmaschine und ein Trockner, beide so groß, dass sie hätten hineinklettern können. An silbernen Haken an allen vier Wänden hingen Schuluniformen – ein weiterer Beweis, dass sie auf der richtigen Spur waren. Die Embleme, die sie bereits auf den Tabletts in der Küche gesehen hatten, waren auch in die grauen Pullunder eingestickt. »Entschuldige«, sagte er. »Diese Frage war etwas zu persönlich.«

»Schon gut«, erwiderte Azumi, sah ihn dabei jedoch nicht an. »Wir haben letztes Jahr meine große Schwester verloren.«

»Ach herrje. Wie schrecklich.« Marcus wusste nicht, was er sagen sollte. Er streckte beide Arme aus, als wollte er sie tröstend umarmen, ließ sie dann aber wieder verlegen sinken. »Was ist passiert?«, fragte er.

»Ich möchte nicht darüber reden.« Azumi warf ihre Haare nach hinten. »Aber … egal. Da wir jetzt ohnehin hier zusammen zur Schule gehen, wirst du es sowieso über kurz oder lang erfahren. Meine Schwester hat eine Riesendummheit gemacht. Sie ist in den riesigen Nationalpark hinter dem Haus unserer Tante in Japan gegangen und muss sich dort verlaufen haben. Sie ist nie mehr zurückgekommen. Ich musste allein nach Hause zurückfliegen.«

Azumis Ton war sachlich, als würde sie erzählen, was sie gestern zu Abend gegessen hatte.

»Wie schrecklich!«, wiederholte Marcus.

Azumi gab sich ungerührt, doch er spürte, wie angespannt sie war. Er hatte das Gefühl, dass sie wie ein Luftballon platzen würde, wenn er sie nur mit einer Fingerspitze antippte. Schnell wechselte er das Thema. »Meine Mutter mag es nicht, wenn ich Cello oder Klavier spiele«, sagte er. Die vertraute Melodie schwebte ihm schon wieder durch den Kopf. »Sie spricht es nicht aus, aber ich weiß, dass es sie nervt. Deshalb bin ich manchmal echt wütend auf sie. Und meine Brüder und meine Schwester sind ständig um mich herum, machen Lärm und stören mich. Sie hassen es, wenn ich Phillip Glass oder meine Jazzalben spiele. Sie mögen nur ›Lieder mit Text‹, wie sie sagen. Echt, manchmal wäre ich ganz froh, sie würden auch *verschwinden.*«

Azumis Unterkiefer kippte herab. Augenblicklich bereute Marcus seine Worte. Doch dann lachte sie auf, so laut und schrill, dass es in der ganzen Waschküche widerhallte. Rasch riss sie sich wieder zusammen. »Das ist vermutlich das Schlimmste, was ich je zu hören bekommen habe«, erklärte sie ihm.

»Ich wollte nicht … Das kam jetzt völlig falsch rüber.«

»Reden ist nicht so dein Ding, stimmt's?«

Marcus verschränkte die Arme und trommelte mit den Fingern gegen seine Oberarme. Er bemühte sich, ruhiger zu atmen. »Darüber habe ich ehrlich gesagt noch nie nachgedacht. Aber ja, ich glaube, *Musik* ist meine Art zu reden. Ich denke in Musik. An meiner alten Schule wurde ich von den anderen oft gehänselt und als Nerd bezeichnet.«

»Dafür muss man sich nicht unbedingt schämen«, meinte Azumi. Marcus stieß einen erleichterten Seufzer aus. »Komm, sehen wir uns weiter hier um, bevor es zu spät wird. Hier müssen doch irgendwelche Leute sein!«

Was sie auf der anderen Seite des Korridors entdeckten, war eine solche Überraschung, dass sie den Mund nicht mehr zubekamen: ein Festsaal, der so riesig war, dass die weiße Decke, die ihn überspannte, fast so endlos aussah wie der Himmel. Auf der gegenüberliegenden Seite gab es mehrere Glastüren mit hauchdünnen Gardinen, die das hereinfallende Licht filterten.

»Ich bin mir ziemlich sicher, dass unser ganzes Haus daheim hier reinpassen würde«, sagte Marcus andächtig.

»Unseres auch«, staunte Azumi. »Der Raum hier ist wirklich unglaublich groß. Wahnsinn!«

»Hey, guck mal!« Marcus deutete in eine gegenüberliegende Ecke. Dort stand ein großer schwarz glänzender Flügel, dessen Deckel bereits aufgeklappt war, als würde er nur auf ihn warten. Sein Herz machte einen Freudensprung, und er rannte darauf zu, setzte sich auf den Hocker und klappte die Klaviatur auf. Geräuschlos ließ er die Finger über die Tasten gleiten, ohne sie zu berühren, und schloss die Augen. Schließlich schlug er den ersten Akkord an, der wie Kirchenglocken durch den Festsaal schallte. Endlich konnte er der Melodie, die ihm den ganzen Morgen schon im Kopf herumgespukt war, freien Lauf lassen.

Azumi konnte kaum glauben, was sie da hörte. Sie stand in der Tür dieses neu entdeckten Saals und sah Marcus' Hände über die glänzenden Tasten des Flügels tanzen. Eine wundervolle Melodie von unglaublicher Komplexität erfüllte den Raum und drang hinaus in den Korridor hinter ihr.

Marcus war plötzlich in einer ganz anderen Welt. Seine Nervosität und Unsicherheit waren wie weggeblasen, das Zucken seiner Hände, das Trommeln seiner Finger. Er schnitt auch keine Grimassen mehr, die immer ein bisschen aussahen, als müsse er Phantomstimmen aus seinem Kopf verscheuchen.

Es war unglaublich, wie er aufblühte. Und falls er ein Nerd war, dann jedenfalls im besten Sinne, fand Azumi. Seine Musik umspülte sie wie warmes Wasser, das alle schlechten Gefühle wegwusch, die sich seit ihrer Ankunft in Larkspur an diesem Morgen in ihr angesammelt hatten. Sie hätte ewig hier stehen und ihm zuhören können.

Und das hätte sie vermutlich auch getan, wenn sie nicht plötzlich am anderen Ende des Korridors eine Stimme gehört hätte, die ihren Namen rief:

»*Azuuuumi*!«

Es war ein lang gezogener Ruf, der sich anhörte, als käme er von weit, weit her. Azumi zuckte zusammen. Sie machte einen Schritt rückwärts und starrte in den langen, düsteren Korridor hinaus, in die Richtung, aus der der Ruf gekommen war. Etwas ratlos blickte sie zu Marcus zurück, doch der war so in seine Melodien vertieft, dass er nicht mal den Kopf hob.

»Poppy?«, rief Azumi. »Bist du das?«

Dabei wusste sie genau, dass es nicht Poppy war. Es war die Stimme, die sie in ihren Träumen hörte, die Stimme, die sie schon mehrfach in den Wald hinter ihrem Elternhaus gelockt hatte – Morikos Stimme.

Azumi kniff die Augen zusammen und hoffte, dass sie, wenn sie sie wieder öffnete, zu Hause in ihrem Bett liegen würde und das alles hier nur ein böser Traum gewesen wäre. Es wäre ihr auch egal gewesen, wenn sie dann feststellen müsste, dass sie wieder mal geschlafwandelt hatte und bei Nacht im Wald stand.

Doch als Azumi die Augen vorsichtig blinzelnd aufschlug, stellte sie fest, dass sie bloß ein Stück durch den düsteren Korridor gegangen war und sich von Marcus' beruhigenden Klavierklängen entfernt hatte.

An einer Türklinke war ein grell pinkfarbenes Band festgebunden, das genau wie jenes aussah, dem Moriko in den Wald gefolgt war. Genau wie jenes, von dem Azumi sich entsetzt abgewandt hatte – an jenem Tag, an dem sie ihre Schwester zum letzten Mal gesehen hatte. Ihr hatte davor gegraut, was sie am anderen Ende des Bandes hätte vorfinden können.

Das Band hier war straff gespannt und verschwand in der Dunkelheit, als wenn jemand, der sich in einiger Entfernung versteckte, daran ziehen würde.

Wieder war die Stimme zu hören: »*Azumi*!«

»Moriko?«, rief Azumi zurück. Sie konnte nicht anders. Natürlich war ihr klar, dass Moriko nicht hier sein konnte. Trotzdem ging sie auf das pinkfarbene Nylonband zu und griff danach. Dabei schlug ihr das Herz bis zum Hals. Mit einem energischen Kopfschütteln versuchte sie, ihre Angst abzuschütteln, bevor sie sich von dem Band in den düsteren Korridor führen ließ.

KAPITEL 16

Oben, im ersten Stock, war Poppy wieder in dem Büro, in das sie vorhin mit Dylan nur einen kurzen Blick geworfen hatte.

Mehrere Landschaftsbilder hingen neben der Zeichnung mit den fünf Kindern in Schuluniformen. Zwischen der Tür und dem Fenster mit den roten Vorhängen musste ein weiteres Bild hängen, doch es war mit einem Tuch abgedeckt. Und trotz ihrer Neugier, mehr über ihre Familie und dieses Gebäude zu erfahren, spürte Poppy instinktiv, dass sie das Tuch besser nicht anheben sollte.

Stattdessen wandte sie sich lieber den Schreibtischen und Aktenschränken zu. Schriftstücke und Aktenordner standen oder lagen in diversen Regalen und schrien förmlich danach, in Augenschein genommen zu werden. Poppy stellte sich vor, sie wäre eine Detektivin aus einem ihrer Lieblingsbücher – Harriet, die kleine Detektivin, oder Anne von den *Fünf Freunden* –, die unheimlich clever waren und vieles entdeckten, was die Erwachsenen übersehen hatten. Vielleicht würde sie hier auch ein paar Unterlagen von Großtante Delphinia finden.

Poppy war natürlich klar, dass sie nichts durcheinanderbringen durfte, falls ihre Großtante überraschend auftauchte.

Das oberste Blatt auf dem ersten Stapel war eine Rechnung von einem Lebensmittelgeschäft in Greencliffe, adressiert an das *Kinderheim Larkspur*.

War Larkspur früher, wie Thursday's Hope, ein Kinderheim gewesen? War es das immer noch? Davon hatte Großtante Delphinia in ihrem Brief nichts erwähnt. Poppy schluckte. Das verhieß nichts Gutes.

Plötzlich hörte sie ganz in der Nähe einen Seufzer.

»Delphinia?«, rief Poppy, wobei sie versuchte, ganz ruhig zu bleiben. Doch niemand antwortete.

Die Rechnung war uralt, sie stammte vom Ende der Vierzigerjahre. Poppy sah sich die Blätter darunter an. Larkspur war ganz offensichtlich nicht bloß ein Kinderheim gewesen, sondern ein *Waisenhaus*. Poppy kämpfte mit den Tränen. Würde sie für Großtante Delphinia nur ein weiteres armes Pflegekind sein? Sie blickte über die Schulter auf die Zeichnung neben der Tür. Waren die Kinder, die darauf abgebildet waren, wie sie – in einem System gefangen, wo sie auf bessere Tage warteten?

Plötzlich stach ihr etwas ins Auge: Auf dem Blatt, das sie in der Hand hielt, stand ein Name, der sie elektrisierte. Es war die Unterschrift des Direktors – ein Mann namens Cyrus Caldwell. *Er heißt Caldwell, genau wie ich!* Poppy konnte es kaum erwarten, Großtante Delphinia nach ihrem Stammbaum zu fragen.

Mit zittrigen Fingern sah sie weitere Papierstapel durch. Die meisten betrafen irgendwelche Abrechnungen, Zahlen und Daten über Einnahmen und Ausgaben, und fast alle waren von diesem Cyrus Caldwell abgezeichnet.

Poppy zog eine Schublade auf und entdeckte alte Unterlagen über Waisenkinder, die hier in Larkspur gewohnt hatten. An das Deckblatt jeder Sammelmappe war ein kleines Foto des betreffenden Kindes geheftet. Und auch hier tauchte überall der Name Caldwell auf.

Wie er wohl mit mir verwandt ist?, fragte sich Poppy. Diese Papiere waren uralt. Ob der Direktor überhaupt noch lebte? Wie dem auch sei, hier musste es definitiv Verwandte von ihr geben. Vor Erleichterung bekam Poppy weiche Knie. Sie hatte schon Angst gehabt, nach Thursday's Hope zurückkehren zu müssen.

Sie durchforstete weitere Unterlagen und hoffte, mehr über den Direktor oder ihre Großtante zu erfahren. Schließlich wandte sie sich den Schreibtischen zu, die am anderen Ende des Raums an den Fenstern standen. Einer der Schreibtische sah auffällig anders aus als die anderen. Aufgeräumter. Zwei Sammelmappen lagen auf der grünen Schreibunterlage. Auf der oberen klebte ein Zettel, auf den jemand mit Rotstift *Spezialfälle* geschrieben hatte, ein Wort, das einen förmlich ansprang.

»*Spezialfälle*?«, fragte sich Poppy laut. »Was sind Spezialfälle?«

Doch noch bevor sie einen Blick in diese Mappe werfen konnte, hörte sie ganz in der Nähe Gemurmel. Poppy blickte auf und versuchte herauszufinden, woher es gekommen war. Es hatte sich nach einem jungen Mädchen angehört.

Sie wandte sich vom Schreibtisch ab und entdeckte erst jetzt, dass der Raum L-förmig war und dass es einen Bereich gab, den sie bisher übersehen hatte. Das Murmeln war von dort hinten gekommen.

»Hallo?«, rief Poppy zögernd. Sie klappte die Sammelmappe mit den Spezialfällen zu und ließ sie, ohne lange zu überlegen, in ihrer Tasche verschwinden.

Als sie auf die Ecke des großen Raums zuging, aus der die Stimme kam, wurde das Gemurmel lauter. »*... die Brotkrumen im ganzen Wald ...*« Als Poppy noch klein gewesen war, hatte sie von dem Märchen von Hänsel und Gretel Albträume bekommen. Nicht so sehr wegen der Hexe in ihrem Lebkuchenhaus, sondern wegen der Eltern, die so herzlos waren, ihre Kinder im Wald auszusetzen.

Mit angehaltenem Atem spähte Poppy um die Ecke.

Die Strahlen der hellen Mittagssonne fielen auf einen Stuhl, der zum Fenster zeigte. Die Rückenlehne war so hoch, dass Poppy nicht sehen konnte, wer auf dem Stuhl saß.

»Gretel zögerte nicht lange«, fuhr die Mädchenstimme fort. Plötzlich wurde Poppy ganz unsicher. Sie drückte die Knie durch und umklammerte ihre Tasche. »Sie stieß die alte Hexe in den Ofen, schlug das Türchen zu und schob den Riegel vor. Die Hexe war im Backofen eingesperrt. Ihr Geschrei ließ die Wände des Häuschens erbeben. ›Sagt, Frau Hexe‹, rief Gretel mit einem zufriedenen Lächeln, ›ist der Ofen auch heiß genug zum Kochen und Backen?‹ Dann lief sie zu dem Käfig, dessen Wände aus Knochen gemacht waren und in dem ihr Bruder Hänsel kauerte. Er hatte voller Staunen und Angst mit angesehen, was seine Schwester getan hatte.«

Eine plötzliche Stille füllte den Raum, und Poppy bekam eine Gänsehaut. »Hallo?«, versuchte sie es erneut.

Die Person auf dem Stuhl mit der hohen Rückenlehne bewegte sich, der Stuhl schwang langsam herum. Und plötzlich blickte Poppy in die leeren Augen eines Mädchens mit einer hellgrauen Katzenmaske.

Poppy erschrak. Die hochgezogenen Augenbrauen der Katzenmaske sahen irgendwie vorwurfsvoll aus – so, als wollten sie fragen, wie Poppy es wagen konnte, in das Märchen hineinzuplatzen.

Poppy nahm all ihren Mut zusammen. »Ähm, wohnst du hier? Kannst du mir sagen, wo ich Delphinia finde?«

Poppy merkte, dass sie zitterte. Sie kannte diese Katze – von der Zeichnung, die Ashley beinahe zerknüllt hätte. Das Mädchen auf dem Stuhl trug auch den gleichen dunklen Rock, eine weiße Bluse und einen grauen Pulli. Ein paar Strähnen seiner langen braunen Haare hatten sich in den Augenöffnungen der Maske verklemmt.

Trotzdem konnte es nicht das Mädchen von der Zeichnung sein, oder? Und warum sagte sie nichts?

Auf dem Fußboden saßen die Zuhörerinnen des Mädchens, an die Wand gelehnt: Puppen. Sie waren alle irgendwie beschädigt. Verunstaltet. Manche von ihnen waren angesengt, ihre Gesichter waren fleckig und angekohlt. Anderen Puppen fehlten einzelne Gliedmaßen und Augen. Eine der größeren Puppen hing nach vorne, und in ihrem Porzellankopf klaffte ein großes Loch.

Das Mädchen mit der Katzenmaske folgte Poppys Blick zu der Puppenschar, riss den Kopf jedoch gleich wieder hoch und starrte Poppy weiter durchdringend an.

»Entschuldige«, stammelte Poppy und hoffte, dass das Mädchen nicht gemerkt hatte, wie scheußlich sie diese Puppen fand. Sie wusste nur zu genau, dass sich die seltsamsten Gegenstände wie Schätze anfühlen konnten. »Ich ...«

Das Mädchen stand auf, und Poppy verstummte, als sie sah, wie sich das Mädchen bückte und seine Puppen einsammelte. Dann trat es einen Schritt auf Poppy zu und blickte sie aus schwarzen, leeren Augen an. *»Du bist gekommen«*, sagte es, mit einer gedämpften Stimme, die eine perfekte Mischung aus den Stimmen von Gretel und der Hexe war. *»Du bist endlich gekommen.«*

»Moment mal, hast *du* mich etwa hierher eingeladen?« Poppys Stimme war nur ein Flüstern, das Herz schlug ihr bis zum Hals.

Das Mädchen stieß ein heiseres Lachen aus, das lange nachhallte, bevor es in einen lauten Schrei überging. Das kam so unerwartet, dass auch Poppy kurz aufschrie. Dann gab das Maskenmädchen dem Stuhl mit der hohen Rückenlehne einen erstaunlich kräftigen Fußtritt, worauf dieser umfiel und mit einem dumpfen Geräusch auf den Boden knallte. Das Mädchen wandte sich wieder Poppy zu.

Poppy wich zurück, in den größeren Teil des Raums hinter der Ecke. Sie war plötzlich in eine stinkende Rauchwolke gehüllt, und einen Moment lang glaubte sie, es sei der Rauch aus dem Märchen, als wenn die Hitze aus dem Backofen der Hexe auf magische Weise real geworden wäre. Im nächsten Moment spürte sie im Rücken eine gewaltige Hitze. Als sie erschrocken herumfuhr, sah sie helle Flammen auflodern.

Poppy schrie auf. Das Büro stand in Flammen.

KAPITEL 17

Sämtliche Schreibtische, Aktenschränke, Mappen und Ordner, die Poppy gerade erst durchsucht hatte, wurden blitzschnell von den Flammen erfasst. Das Feuer züngelte an den Wänden hoch, schwärzte die Tapeten und verschlang knisternd und knackend die Bilder an den Wänden. Die Hitzewellen rissen das schwarze Tuch hoch, hinter dem Poppy ein weiteres Gemälde vermutet hatte, und ließen es auf den Boden fallen, wo es von den Flammen gefressen wurde.

Erst da sah Poppy, dass es kein Bild, sondern ein großer Spiegel war.

Poppy musste an ihr Mädchen aus dem Spiegel denken, doch gleich darauf zersprang der Spiegel mit einem Knacken, das so laut wie ein Gewehrschuss war. Ein Spinnennetz aus Rissen zog sich über die blinde Oberfläche.

Einen Moment lang glaubte Poppy, dass sie sich das alles nur einbildete. *Es gibt kein Feuer,* sagte sie sich. *Es gibt auch kein Katzenmädchen. Das alles existiert nur in deinem Kopf.*

Du bist total verrückt. Deshalb werden sie dich für immer und ewig in einem dunklen Raum einsperren. Ohne Freunde. Ohne Familie. Ohne Spiegel oder Bücher. Dann bist du allein und deinem dummen, verrückten Gehirn ausgeliefert.

Doch da wurde sie unversehens mit einem Ruck an den Haaren nach hinten gezogen und fiel zu Boden. Das Mädchen mit der Katzenmaske starrte spöttisch auf sie herab. Und trotz der knisternden Flammen konnte Poppy hören, dass das Mädchen lachte.

Das Ganze war real!

Auf allen vieren kroch Poppy ein Stück weit weg und richtete sich dann auf.

Die Flammen kamen mit beängstigender Geschwindigkeit näher und drohten sie und das Katzenmädchen einzukesseln. »Was SOLL das?«, schrie Poppy das Mädchen an und rannte zur Tür, wobei sie immer wieder über kleinere Flammen springen musste. Erleichtert griff sie nach der Türklinke, doch die Tür ließ sich nicht öffnen.

»NEIN!«, schrie Poppy. »Hilfe!«

Der Raum hinter ihr war voller Rauchwolken. Dunkelgraue Schwaden umwaberten das Katzenmädchen. Die Flammenwand kam näher, die Hitze wurde unerträglich.

Poppy rang nach Luft, doch die Hitze versengte ihre Kehle, und sie begann zu husten. Unversehens schoss ihr das Bild von Mrs Tate durch den Kopf, wie diese in Thursday's Hope im Gemeinschaftsraum vor den Mädchen stand und ihnen erklärte, was im Falle eines Feuers zu tun war. *Geht auf alle viere, direkt über dem Fußboden ist der Rauch weniger dicht.* Poppy ließ sich auf die Knie fallen und hielt sich eine Hand vor Mund und Nase. *Und dann wisst ihr hoffentlich, wo der nächste Ausgang ist.*

Ein Ausgang! Poppy versuchte, sich zu konzentrieren.

Neben dem zersprungenen Spiegel gab es ein Fenster! Der rote Samtvorhang fiel gerade den Flammen zum Opfer, doch die Fensterscheibe war noch unversehrt.

Poppy schnappte sich den Metallstuhl am Schreibtisch. Er war glühend heiß, und sie verbrannte sich die Finger und musste vor Schmerzen die Zähne zusammenbeißen. Sie warf den Stuhl mit aller Kraft gegen das Fenster. Ein perfekter Wurf. Doch zu ihrem Entsetzen prallte der Stuhl einfach an der Glasscheibe ab.

»Dylan!«, schrie sie hustend, während ihr der Schweiß über Gesicht und Hals rann und auf ihr T-Shirt tropfte. »Marcus! Azumi! Hilfe!«

Inzwischen prasselten die Flammen jedoch so laut, und das Blut pochte so heftig in ihren Ohren, dass sie ohnehin nichts gehört hätte, falls jemand geantwortet hätte.

Mit einem Mal schien sich der dichte Rauch wie ein Schleier zu teilen. Eine Gestalt kam durch die Flammen – das Mädchen mit der Katzenmaske. Poppy erstarrte. Spielten ihr ihre Augen einen Streich? Denn es sah aus, als würden die Flammen um das Mädchen *herumtanzen.*

Langsam kam das Mädchen näher, die Sammlung an scheußlichen Puppen an sich gedrückt, und starrte Poppy hämisch an.

»Du machst mir keine Angst!«, rief Poppy und ärgerte sich noch im gleichen Moment, dass ihre Stimme so schwach und zittrig klang.

Das Mädchen legte den Kopf schief, als wollte es spöttisch fragen: *Ach nein?*, während es weiter durch die höher werdenden Flammen auf Poppy zukam.

Du bist gekommen. Du bist endlich gekommen.

Die Tapete hinter dem Bild der fünf maskierten Kinder wellte sich, Rauch und Dampf waberten darunter hervor, und von dem Qualm musste Poppy würgen. Das Feuer hatte inzwischen auf die Wände übergegriffen. Bald würden auch die anderen Stockwerke brennen – und über kurz oder lang das gesamte Gebäude.

Wie komme ich hier raus?

Blinder Zorn packte Poppy, die Art von Zorn, der sie auch veranlasst hatte, in Mrs Tates Büro herumzuschnüffeln. *Und wenn es keinen Weg ins Freie gibt, verschafft euch einen!*

Poppy starrte auf den gesprungenen Spiegel. Ihr Spiegelbild war nur ein zersplittertes Durcheinander, doch das war es nicht, was sie sehen wollte.

»Du hast versucht, mich zu warnen, damit ich nicht herkomme, richtig?«, rief sie dem Mädchen zu, ihrer alten Freundin, doch ihre Stimme ging in dem prasselnden Feuersturm fast vollständig unter. »Tut mir leid, dass ich nicht auf dich gehört habe. Aber bitte, falls du mich hören kannst, dann hilf mir, *bitte*!«

Das Mädchen mit der Katzenmaske war nur noch wenige Schritte von ihr entfernt. Es streckte ihr seine Puppen entgegen, als wollte es Poppy vor Augen führen, welches Schicksal ihr blühte.

Und wenn es keinen Weg ins Freie gibt, verschafft euch einen!

In dem zersplitterten Spiegel war ein zartes Flackern zu sehen.

Das Mädchen! Endlich!

Ein weiterer Riss zeigte sich im Spiegel – eine horizontale Linie quer durch Poppys Spiegelbild. Gleich darauf bildeten sich zwei weitere Sprünge links und rechts von Poppys Gesicht.

Poppy fuhr herum und sah, dass sich in der Wand hinter ihr ebenfalls Risse bildeten, genau die gleichen wie im Spiegel.

Das Mädchen mit der Katzenmaske heulte auf, als Poppy sich mit ihrem ganzen Gewicht gegen diese Stelle an der Wand warf. Ein weiterer Versuch war nötig, bevor sich die Wand öffnete, als wäre hier eine Tür.

Poppy landete schwungvoll draußen im Korridor. Hinter ihr, in dem brennenden Raum, hörte sie, wie der Spiegel zersprang und Tausende kleiner Glassplitter ins Feuer herabregneten.

Poppy sah sich um. Die Öffnung in der Wand war wie durch Zauberhand verschwunden, und der Korridor sah aus, als sei nichts gewesen.

Poppy lehnte sich an die gegenüberliegende Wand und holte keuchend Luft. Sie schloss kurz die Augen und öffnete sie dann wieder. Nichts. Sie selbst hatte keine Brandwunden und roch auch nicht nach Rauch.

Verrückte Poppy!

Sie hämmerte mit beiden Fäusten an die Wand, als wollte sie die höhnischen Stimmen, die ringsum auf sie einredeten, damit verjagen. Übrig blieb nur die eigene Stimme in ihrem Kopf, und Poppy wusste nicht, ob ihr diese lieber war.

Das ist alles eine einzige große Lüge. Der Brief. Die Einladung. Großtante Delphinia.

Etwas hatte gewollt, dass Poppy nach Larkspur kam, doch ein Familienmitglied, von dem sie nichts gewusst hatte, war es mit Sicherheit nicht gewesen. Hier wurde sie von niemandem erwartet, der sie so lieben würde, wie sie war, und sie adoptieren würde.

Poppy kämpfte gegen die Tränen an, die in ihren geröteten Augen brannten. Sie fühlte sich wie eine der lädierten Puppen des Mädchens mit der Katzenmaske, die Puppe mit dem aufgeschlitzten Bauch. Poppy hatte Mühe, sich auf den Beinen zu halten, und sie wischte sich wütend über das Gesicht.

Plötzlich hörte sie Schritte, die in ihre Richtung gerannt kamen.

KAPITEL 18

Poppy stand oben auf den Stufen und hielt ihre Tasche wie eine Waffe über den Kopf. Als sie schließlich sah, wer da kam, hätte sie die Tasche vor Erleichterung beinahe fallen lassen.

»Dylan!«, rief sie.

»Nein!«, erwiderte der Junge. »Knapp daneben.«

Seine Augen waren weit aufgerissen, und sein Brustkorb hob und senkte sich.

»Dash? Was machst du hier oben?«

»Wo ist mein Bruder?« Dash sah fast so verängstigt aus, wie Poppy sich fühlte.

»Wir haben uns getrennt.« Poppy warf einen Blick über die Schulter nach hinten zum Büro. »Wir müssen die anderen finden und dann schnell von hier verschwinden!«

»Hast du auch etwas gesehen?«, fragte Dash.

Poppy kämpfte mit den Tränen und nickte.

Das ist alles eine große Lüge.

»Ich habe unten im Eingangsbereich gewartet«, erklärte Dash, »genau wie Dylan es wollte. Aber dann habe ich etwas gehört. Und als ich mich umdrehte, stand der Junge mit der Hasenmaske oben an der Treppe und hat mich angestarrt. Gleich darauf ist er weggerannt, und ich bin ihm nachgelaufen …«

»Ich weiß nicht, was hier abgeht«, platzte Poppy heraus. »Ich war in einem Büro. Und plötzlich ist dort ein Feuer ausgebrochen. Ein Mädchen mit einer Katzenmaske hat mich angegriffen. Ich dachte echt, es wollte mich umbringen. Als ich weglaufen wollte, ging die Tür nicht mehr auf. Also habe ich versucht, das Fenster einzuschlagen, aber das ging auch nicht. Und dann war da plötzlich eine Öffnung in der Wand … das Feuer ging aus, völlig unerklärlich … Und … Egal, wir müssen dringend hier weg.« Sie schob sich an ihm vorbei und winkte ihm, ihr zu folgen. »Wir müssen die anderen finden und SOFORT VERSCHWINDEN!«

»Nicht dort lang«, sagte Dash.

»Wieso nicht?« Ihre Stimme war lauter als beabsichtigt. »Ist dahinten nicht die Treppe?«

Dash drehte den Kopf und zeigte auf einen hässlichen Striemen an seiner Wange. Poppy japste erschrocken auf.

»Der Junge, dem ich nachgelaufen bin, hat mich auch angegriffen. Aber ich konnte ihm die Maske vom Gesicht reißen.« Dash zitterte und kniff kurz die Augen zu. »Schwarzer Schleim quoll aus seinem Mund und lief ihm über den Hals. Er war voll damit.« Dash schluckte. »Ich will nicht … ich meine, wir sollten besser nicht in diese Richtung laufen.«

»Aber da ist nun mal die Treppe. Ich sehe keine andere Möglichkeit, wieder ins Erdgeschoss zu kommen«, gab Poppy zu bedenken.

Dash spähte an ihr vorbei in den düsteren Korridor. »Na schön. Aber falls wir wieder auf einen dieser Typen mit Masken treffen, dann weißt du dich hoffentlich zu wehren.«

»Ich denke, ich lerne es gerade«, seufzte Poppy und ging mit entschlossenen Schritten voraus. Sie war heilfroh, das grässliche Büro hinter sich zu lassen.

Es dauerte nicht lange, bis sie auf die Hasenmaske stießen, die auf dem Boden lag und von Sonnenstrahlen, die durch eine offene Tür hereinfielen, beschienen wurde.

Es war keine kunstvolle Maske, sondern nur ein billiges Plastikteil, ein Massenprodukt aus irgendeiner Fabrik. Doch die Augenlöcher waren groß und dunkel, mit Lachfältchen an den Seiten. Der Mund war zu einem breiten, geradezu grotesken Grinsen verzogen, mit einem schmalen Schlitz zwischen den Plastiklippen, damit der Träger Luft bekam. Um die schmale Öffnung herum waren getrocknete schwarze Flecken zu sehen.

»Willst du das wirklich anfassen?«, fragte Poppy angewidert, als Dash sich bückte.

Dash blickte zu ihr hoch. »Wir können die Maske nicht hier liegen lassen. Die anderen würden mir diese Geschichten nie glauben.«

Poppy begriff, was er meinte: *Dylan* würde ihm nicht glauben. Mit spitzen Fingern drehte Dash die Maske um. Die ganze untere Hälfte war voll mit tropfendem schwarzem Schleim.

Poppy hielt sich die Hand vor den Mund. »Igitt, widerlich!«

»Okay, lieber doch nicht.« Dash ließ die Maske fallen und wischte sich die Hände an seinen Shorts ab.

Poppy erspähte kleine rote Zeichen in der oberen Hälfte der Maske, neben dem linken Hasenohr. Es waren Buchstaben, mit rotem Filzstift geschrieben: ALOYSIUS. »Was ist das?«, fragte sie und zeigte mit dem Finger darauf.

»Weiß ich nicht, und ich will es auch gar nicht wissen«, schnaubte Dash. »Ich will nur schnell weg von hier.«

Die beiden gingen weiter in Richtung der Treppe.

»Dylan?«, rief Dash versuchsweise. Seine Stimme hallte durch den leeren Korridor, doch es kam keine Antwort.

Als sie um die nächste Ecke bogen, schnappte Poppy erschrocken nach Luft. Direkt vor ihnen, wieder in einem Lichtkegel, lag die gleiche Hasenmaske wie vorhin, die wieder mit leeren Augenhöhlen zu ihnen hochstarrte. »Was ist hier los?«, fragte sie. *Verrückte Poppy.* »Dash, siehst du auch, was ich sehe?«

»Das kapiere ich nicht«, sagte Dash langsam. Er schluckte trocken. »Dylan!«, rief er erneut. Dann riss er sich zusammen und sagte leise, wie zu sich selbst: »Das muss einer von Dylans Streichen sein. Er will uns Angst einjagen.«

»Nach allem, was wir gerade erlebt haben, denkst du wirklich, dass *dein Bruder* dahintersteckt?«

»Ich weiß nicht, was ich denken soll!«, stöhnte Dash. »Ich weiß nicht mal mehr, in welche Richtung wir gehen sollen!«

»Dann gehen wir am besten einfach weiter«, schlug Poppy vor, auch wenn sich ihre Knie ziemlich wacklig anfühlten.

Seite an Seite liefen sie weiter. Sie waren schon einige Minuten unterwegs – der Weg zum Treppenhaus war wesentlich länger als erwartet –, als sie plötzlich wieder an ihrem Ausgangspunkt standen.

Poppy geriet in Panik. Sie hatte das Gefühl, keine Luft mehr zu bekommen. Dash dagegen stürzte sich auf die Maske und trampelte darauf herum, bis sie platt war.

Der ganze Korridor begann zu beben und zu ächzen. Dash griff nach Poppys Händen und zog sie mit sich zu Boden, als wenn sie es mit einem Erdbeben zu tun hätten.

»Was du gerade getan hast, gefällt ihm nicht«, flüsterte Poppy.

»Wem – ihm?«

Poppy hatte Mühe, es auszusprechen. »Ich weiß nicht ... dem Haus?«

Wenige Zentimeter neben ihnen nahm die Maske, auf der Dash herumgehüpft war, plötzlich wieder ihre alte Form an.

Poppy und Dash sprangen auf, rannten um die Biegung und an der Hasenmaske vorbei. Sie stellten fest, dass sie in einem neuen Korridor waren, in dem sie noch nie gewesen waren. Sie rannten und rannten, suchten nach neuen Türen, neuen Räumen, neuen Details, die sie noch nicht kannten – Hauptsache, sie kämen endlich aus diesem merkwürdigen Labyrinth heraus.

Plötzlich blieb Poppy stehen und hielt Dash am Arm fest. »Hast du das gehört?«, fragte sie keuchend.

»Musik!«

»Jemand spielt Klavier.«

»Gehen wir diesen Jemand suchen!«

»Aber was, wenn ...?«

»Komm einfach mit!«

Poppy und Dash rannten um die nächste Biegung und konnten in der Ferne endlich die Treppe sehen. »Hurra!«, rief Poppy mit einem Gefühl, als hätte sie gerade einen Marathon gewonnen.

Dash rannte an ihr vorbei und flitzte die Stufen hinunter. »Beeil dich!«, schrie er. Das musste er Poppy nicht zweimal sagen.

Als es die beiden schließlich bis zum Fuß der breiten Treppe geschafft hatten, hörten sie über sich eine Stimme rufen: »Dash! Warte!«

Es war Dylan, der oben am Geländer stand, mit weit aufgerissenen Augen und leichenblassem Gesicht. Er sah aus, als könne er jeden Moment zusammenbrechen.

»Du meine Güte!«, rief Poppy und schüttelte verwirrt den Kopf. »Ich hatte ganz vergessen, dass er auch oben war!«

»Komm mit!«, sagte Dash und lief zusammen mit Poppy die Treppe wieder hinauf zu seinem Bruder.

KAPITEL 19

Marcus schwamm in einem Ozean von Klängen. Die Klaviertöne schwollen an und ab, während seine Finger über die Tasten tanzten und seine Füße auf die Pedale traten. Wie immer konnte er die Melodie des Musikers in seinem Kopf hören – eine Millisekunde, bevor er sie zum Leben erweckte. Es kam ihm fast so vor, als spielten sie im Duett. Dass er in einem Festsaal saß, war nur eine vage Erinnerung. Sein Kopf war angefüllt mit Bildern von zu Hause, seinen Freunden und seiner Familie. Er konnte Dukes nasses Fell nach einem Spaziergang im Regen riechen, hörte die Dampfpfeifenorgeln auf dem Jahrmarkt, spürte seine Mutter und seine Geschwister bei seinen Auftritten in der ersten Reihe des Auditoriums sitzen – alles Erinnerungen, die so eng mit den Melodien des unsichtbaren Musikers verknüpft waren, dass Marcus seine Sinne nicht mehr auseinanderhalten konnte.

Doch als eine kleine Gruppe zur Tür hereinstolperte und seinen Namen rief, wurde Marcus unsanft aus seinen

Tagträumen gerissen. Er hob die Hände von den Tasten, schlug die Augen auf und blinzelte, als sei er gerade aus einem tiefen Schlaf geweckt worden.

Poppy und Dash stützten Dylan, so gut es ging. Sie hatten seine Arme um ihre Schultern gelegt und schleppten ihn quasi hinter sich her, weil er sich nicht allein auf den Beinen halten konnte.

Marcus sprang erschrocken auf. Der Klavierhocker rutschte mit einem schrillen Kreischen über den Boden, das sich mit dem Nachhall der soeben gespielten Melodie vermischte. »Was ist mit ihm?«

»Wissen wir nicht«, sagte Dash, dem die Angst ins Gesicht geschrieben stand. »Er wäre oben an der Treppe wieder fast zusammengebrochen. Das ist alles meine Schuld!«

Dylan fiel auf die Knie und hielt sich den Kopf. Als das letzte Echo der Klavierklänge in den Holzpaneelen versickert war, blickte er endlich auf.

»Tut mir leid«, stammelte er, ohne jede Spur seiner früheren Großspurigkeit. »Ich weiß nicht, was mit mir los ist.«

»Ich hatte dir doch gesagt, du sollst sofort wieder zu mir kommen, wenn du dich komisch fühlst«, schimpfte Dash und kniete sich neben ihn.

Dylan verzog das Gesicht. »Ich habe mich nicht komisch gefühlt, bis ich euch gefunden habe, also bitte ... schrei mich nicht an.«

»Wo wart ihr denn?«, erkundigte sich Marcus.

»Oben«, erklärte Poppy. »Deine Musik hat uns den Weg nach unten gezeigt.«

»Wir sind nicht allein hier«, berichtete Dylan. »Es gibt noch andere Kinder, aber die haben alle Masken auf. Ich glaube, sie wollen uns Angst einjagen. Indem sie uns Streiche spielen.« Er warf Dash einen Seitenblick zu.

»Du hast auch eins gesehen?«, fragte Dash. Dylan nickte und schluckte, als müsse er gegen Übelkeit ankämpfen. Dash biss sich auf die Unterlippe. »Der Hasenjunge, den wir vorhin schon gesehen haben, hat mich angegriffen. Und Poppy ist einem Mädchen mit einer Katzenmaske begegnet. Wir müssen so schnell wie möglich von hier verschwinden!«

Poppy räusperte sich. »Ich habe oben ein altes Büro mit massenhaft Unterlagen entdeckt. Das hier muss früher ein Waisenhaus gewesen sein. Über Jahrzehnte hinweg wurden sämtliche Schriftstücke von einem Direktor unterschrieben, der denselben Nachnamen hat wie ich: Caldwell.«

»Ein weiterer Grund, sofort abzuhauen.« Dash ging auf die Fensterfront auf der anderen Seite des Raums zu. »Kommt!«

»Klingt irgendwie merkwürdig«, meinte Marcus und verschränkte die Arme vor der Brust. Merkwürdig und unglaublich. Ihm wäre es am liebsten gewesen, die anderen hätten ihn allein gelassen, damit er in Ruhe weiterspielen konnte. Er wollte wieder in dieses warme Gefühl der Geborgenheit eintauchen, in die angenehmen Erinnerungen, in die Sicherheit, die er damit verband.

»Vielleicht beruhigt ihr euch erst mal, dann können wir in Ruhe reden«, schlug er vor. »Ich finde, das klingt alles ganz schön schräg.«

»Das Schlimmste weißt du noch gar nicht«, sagte Dash. »Es gab ein Feuer, und als Poppy davonlaufen wollte, musste sie feststellen, dass sie eingesperrt war, und dann ...«

»Moment mal«, unterbrach ihn Dylan. »Oben brennt's?«

»Jetzt nicht mehr«, beruhigte ihn Poppy. »Das Feuer ist wieder ausgegangen.«

Marcus zog skeptisch eine Augenbraue hoch.

»Und dann«, fuhr Dash fort, »als wir zum Treppenhaus gelaufen sind, um wieder ins Erdgeschoss zu kommen, haben sich die Korridore ständig verschoben.«

»Die Korridore haben sich ... *verschoben*?« Marcus schüttelte den Kopf. »Tut mir leid, aber das kann nicht sein.«

Dash sah Poppy an. »Lüge ich?«

Poppy wurde rot und schüttelte den Kopf. Sie ging zu Dash an die Fensterfront.

»Glaubt ihr, das könnte vielleicht zu dem Horrorfilm gehören?«, überlegte Dylan laut. Seine Stimme war leise und angespannt.

»Nein!«, widersprach Dash. »Und du glaubst das auch nicht. Hier ist etwas faul, oberfaul.« Dash stellte sich vor eines der deckenhohen Fenster. »Ich persönlich habe echt Schiss. Ich möchte nur noch hier weg. Egal, aus welchen Gründen wir hergekommen sind.«

»Geht mir auch so.« Poppy stieß einen tiefen Seufzer aus. »Hier gibt es für uns alle nichts zu holen. Meine Großtante. Marcus' Musikakademie. Die Dreharbeiten. Das ist alles nur …«

Sie stockte und sah sich suchend um. »Wo ist Azumi?«

Marcus drehte den Kopf. »Oh, eben war sie noch hier …«

»Nicht, als wir reingekommen sind«, sagte Dash. »Wann hast du sie zuletzt gesehen?«

»Keine Ahnung.« Marcus ging zur Tür und spähte hinaus in den Korridor, nach rechts und nach links. »Ich war total ins Klavierspielen vertieft. Ich dachte, sie hört mir zu.«

»Wie konntest du sie aus den Augen lassen?«, fragte Dylan verärgert. »Vergisst du immer die ganze Welt um dich herum, wenn du an deinem dämlichen Klavier sitzt?«

»Sie ist ja wohl alt genug!«, verteidigte sich Marcus. »Sie kann tun und lassen, was sie will.«

Poppy seufzte. »Nicht in *diesem* Haus. Wir sind wie Mäuse in einem Labyrinth.«

»Ist doch nicht meine Schuld, dass sie einfach gegangen ist!«, maulte Marcus.

Dash drückte am Fenstergriff herum. »Ihr könnt ja bleiben und auf Azumi warten, wenn ihr wollt. *Ich* haue ab.« Doch der Griff ließ sich nicht bewegen. Nachdem Dash es eine Weile versucht hatte, trat er einen Schritt zurück und suchte nach einem Riegel oder einem Schloss.

»Was ist mit Del?«, fragte Dylan, der neben seinen Bruder getreten war.

»Hast du nicht gehört, was Poppy gesagt hat?«, fauchte Dash und ging zum Flügel. »Sie hat gesagt, dass es diesen Del gar nicht gibt! Und ich fürchte, sie hat recht.« Er schob den Klavierhocker aufs Fenster zu.

Poppy bekam es mit der Angst zu tun. »Ich habe oben einen Metallstuhl ans Fenster geworfen, aber die Scheibe ist nicht kaputtgegangen«, wisperte sie.

Dash warf den Hocker trotzdem mit voller Wucht gegen die Glasscheibe. Der Hocker prallte ab und fiel krachend zu Boden. Erschrocken kam Marcus herbeigerannt.

»Seht ihr?«, fragte Poppy.

»Das kann doch wohl nicht wahr sein.« Dash unternahm weitere Wurfversuche mit dem Klavierhocker, doch die Glasscheibe blieb intakt.

»Aber die E-Mail ...«, sagte Dylan ratlos. »Und die Sprachnachricht. Wir haben Dels Stimme *gehört.*«

Keiner der anderen achtete auf ihn, nicht mal, als er mit dem Fuß aufstampfte. »Bin ich unsichtbar oder was?«

»Wir sind zur Vordertür reingekommen«, meinte Marcus. Er zwang sich, ganz ruhig zu bleiben, doch die Angst der anderen war langsam ansteckend. »Dann müssten wir dort auch wieder rausgehen können.«

»Ich glaube nicht, dass das geht.« Poppy kämpfte erneut mit den Tränen.

»Wie sollen wir überhaupt dorthin zurückfinden?«, fragte Dash.

»Indem wir danach suchen?«, entgegnete Marcus mit einem Schulterzucken.

»Du hast nicht mitbekommen, was wir oben erlebt haben«, warf Dash ein. »Die Korridore haben sich verschoben! Das ganze Haus hat sich dauernd verändert.« Marcus und Dylan starrten ihn ungläubig an. »Ich fürchte, wenn es uns nicht gehen lassen will, werden wir es auch nicht schaffen«, ergänzte er.

»Was meinst du mit ›*Wenn es uns nicht gehen lassen will*‹?«, wiederholte Dylan gereizt. »Wie kann ein *Haus* uns daran hindern zu gehen?«

»Wir müssen erst mal Azumi finden«, rief Poppy und eilte hinaus in den Korridor. »Oder? Ich meine, vielleicht hat sie ja schon einen Weg ins Freie entdeckt.«

»Suchen wir nach der Eingangstür«, sagte Marcus entschlossen. »Vielleicht stoßen wir unterwegs ja auf Azumi. Dann können wir uns immer noch überlegen, wie wir weiter vorgehen.«

»Ich weiß bereits, wie wir weiter vorgehen.« Dash stapfte trotzig auf die Tür zu. »Wir suchen das Weite.« Er griff nach dem Arm seines Zwillingsbruders und zog ihn mit sich aus dem Festsaal.

KAPITEL 20

Marcus warf Poppy einen Blick zu, schüttelte den Kopf und folgte dann den Zwillingen. »Azumi und ich haben jede Menge Räume und Sachen gefunden, die beweisen, dass das hier eine *Schule* ist. Ein Internat, genauer gesagt. Mit Schuluniformen, einer großen Küche mit Silberbesteck und Tabletts und … und einer Speisekammer, mit so vielen Lebensmitteln, dass man eine ganze Armee satt bekommen könnte …«

»Oder ein Waisenhaus?«, fiel Poppy ihm mit schriller Stimme ins Wort. »Ist doch fast dasselbe wie ein Internat, oder? Denn dafür habe ich oben alle möglichen Beweise gefunden. Unmengen von Schriftstücken.« Poppy blinzelte und versuchte, sich wieder zu beruhigen. Dash und Dylan waren bereits ein gutes Stück vorausgelaufen. Das Licht am Ende des Korridors kam Poppy irgendwie bekannt vor. Hoffentlich kam es aus dem großen Eingangsbereich. »Bitte sagt mir, dass wir alle dasselbe denken«, flüsterte sie verzweifelt. »Ich will mir hier nicht wie die einzige Verrückte vorkommen.«

»Und was sollen wir deiner Meinung nach denken?«, rief Dylan über die Schulter zurück.

»Dass es hier in Larkspur spukt«, antwortete Poppy. »Das Mädchen, das ich gesehen habe, konnte mitten durch ein *Flammenmeer* gehen. Wie ist das möglich? Und sie hat gesagt: ›Du bist gekommen, du bist endlich gekommen.‹ Als hätte sie mich erwartet. Was ist, wenn diese maskierten Kinder uns Dinge sehen, hören und spüren lassen können, die gar nicht existieren? Oder die früher vielleicht mal existiert haben? Ich weiß nicht ... Ich habe keine Ahnung, was es mit dem Spuk auf sich hat. Aber ich denke, wir sind hier in einem Geisterhaus.«

Die drei Jungen waren stehen geblieben und starrten sie stumm an, als hätten sie Angst, ihr recht zu geben.

Marcus berührte sie vorsichtig am Ellbogen, und Poppy zuckte erschrocken zusammen. »Du solltest dich besser kurz setzen«, schlug er vor.

Poppy schüttelte seinen Arm ab. »Nein! Ich habe früher schon Dinge gesehen. Echt komische Sachen. Und allmählich frage ich mich, ob diese Dinge vielleicht der Grund dafür sind, warum ich hier bin.«

»Was waren das für Dinge?«, fragte Dylan.

Poppy schloss kurz die Augen und schüttelte dann den Kopf. »Ich dachte immer, sie sei eine Freundin, meine einzige Freundin.«

»Wer – *sie*?«, fragte Marcus. Bildete Poppy es sich nur ein, oder war Marcus tatsächlich blass geworden?

»Versprecht ihr mir, dass ihr mich nicht auslacht?«

»Versprochen!«, beteuerte Dash.

Poppy brauchte einen Moment, um ihren Mut zu sammeln. Sie trug dieses Geheimnis schon so lange mit sich herum, dass es sie große Überwindung kostete, darüber zu reden. »Ein Mädchen. Es steht immer hinter mir, wenn ich in einen Spiegel schaue.«

Poppy sah Dash eindringlich an. Er *musste* ihr glauben. »Ich sehe es schon mein ganzes Leben lang. Meine Mutter hat mich … weggegeben, als ich fünf war. Ich bin in einem Kinderheim aufgewachsen. Deshalb war dieses Mädchen etwas ganz Besonderes für mich.«

Dash zog eine Augenbraue hoch und sah seinen Bruder an, doch der guckte schnell weg.

Mühsam schluckte Poppy ihre Nervosität herunter. »Das Mädchen hat immer gelächelt. Wirkte immer so freundlich. Bis zu dem Tag, an dem ich den Brief meiner Großtante fand. Ab dem Tag war das Mädchen verändert. Ich bin mir sogar ziemlich sicher, dass es dieses Mädchen war, das mich kurz vor den Toren von Larkspur umgeworfen hat. Dort, wo du mich gefunden hast, Marcus.«

Marcus wich ihrem Blick aus.

»Ich dachte, sie sei plötzlich böse auf mich«, fuhr Poppy fort. »Eifersüchtig oder so. Aber sie wollte mir nichts tun. Ich glaube, sie wollte mich daran hindern, hierherzukommen.«

Dylan schüttelte angewidert den Kopf. »Das ist ja gruseliger als … keine Ahnung.«

»Aber ihr glaubt mir doch, oder?«

Marcus wich Poppys Blick immer noch aus. Sein Musiker schwieg gerade, doch Marcus hatte den Therapeuten und dessen Drohung, ihn mit Medikamenten ›ruhig‹ zu stellen, nicht vergessen. Danach hatte er aufgehört, über den Musiker zu reden, damit er nicht auf dessen Musik verzichten musste. Marcus ballte die Fäuste. Poppy hatte gesagt, sie wolle nicht die einzige Verrückte hier sein, aber er wollte sich ganz bestimmt auch nicht blamieren.

»Nicht wirklich«, hörte er sich sagen. Poppy sah ihn mit großen, entsetzten Augen an.

Auf einmal wurde ihm klar, dass das, was alle hier vorschlugen – diesen Ort zu verlassen und kampflos aufzugeben, was sie alle hier zu finden gehofft hatten –, für ihn nur eines bedeutete: zurück nach Ohio, in sein normales Leben, mit Geschwistern und Klassenkameraden, die Jazz und klassische Musik doof fanden, zu seiner Mutter, die es hasste, ihn üben zu hören, weil es sie an ihren toten Bruder erinnerte. Erst in diesem Moment begriff er, dass er *unbedingt* in Larkspur bleiben und sich daran klammern *musste*, dass es die Musikakademie war, nach der er sich so gesehnt hatte. Die Melodien vorhin am Flügel hatten es bewiesen, oder? Marcus hatte sich noch nie irgendwo so sehr zu Hause gefühlt wie dort im Festsaal, als er ganz in den Klängen aufgegangen war.

Die Zwillinge sahen einander an und wussten nicht recht, was sie sagen sollten.

Deshalb fragte Marcus: »Warst du schon mal beim Arzt und hast ihn gefragt, woher diese Visionen kommen könnten?«

Poppy verzog den Mund. »Das Mädchen ist keine *Vision*. Es ist … es ist schwer zu erklären.«

»Für mich klingt es ehrlich gesagt ganz einfach«, fuhr Marcus fort, obwohl er sich dafür hasste. »Manche Leute neigen zu Halluzinationen.«

»Hatte Dylan vorhin eine Halluzination?«, fauchte Poppy. »Oder Dash?« Sie drehte sich um und ging entschlossen auf den Eingangsbereich zu. Die Jungen folgten ihr.

»Ich weiß nicht!«, rief Marcus ihr nach. »Aber immerhin haben sie kein Phantommädchen hinter sich im Spiegel gesehen.«

»Ich bilde es mir nicht ein!«, rief Poppy wütend.

»Wir sind da!«, verkündete Dash erleichtert, als sie den großen Eingangsbereich erreicht hatten. »Der Haupteingang!« Er rannte zu der massiven zweiflügligen Tür und drückte die Klinke hinunter, doch auch diese Tür ließ sich nicht öffnen.

»Aber wir sind doch hier reingekommen«, sagte Dylan kopfschüttelnd, stellte sich an das große schmale Fenster neben der Tür und spähte hinaus. »Wie kommt es, dass sie jetzt verschlossen ist?« Er ballte eine Faust und schlug an die Scheibe. Es schepperte zwar laut, und Dylan verzog vor Schmerzen das Gesicht, aber das Glas blieb unversehrt.

»Kommt mit!«, rief Dash und rannte ins Spielezimmer. Er ging zum erstbesten Fenster, doch auch das ließ sich nicht öffnen, so wenig wie alle anderen Fenster.

»Das ist total verrückt.« Dylan schnappte sich die Bingotrommel. Die Plastikkugeln im Inneren klackerten. Die Trommel war schwer; er brauchte beide Hände, um sie über den Kopf zu heben und Schwung zu holen. Dann warf er sie mit aller Kraft gegen eines der Fenster. Die Trommel krachte so heftig dagegen, dass ein paar der Drähte rissen, aber die Glasscheibe selbst blieb heil. Die kleinen roten Kugeln fielen klackernd auf den Fußboden und rollten in alle Richtungen. Sie sahen aus wie Perlen aus Blut.

»Ich verstehe das nicht«, stammelte Dylan. Er ging von Fenster zu Fenster und schlug mit den Fäusten gegen alle Glasscheiben.

»Moment mal, Türen haben doch Scharniere!«, rief Poppy plötzlich. »Wir könnten sie aushängen!«

Dash rannte zur Eingangstür zurück. »Es gibt keine Scharniere!«, teilte er den anderen mit.

»Eine Tür *muss* Scharniere haben!«, warf Marcus ein.

»Sie sind weg.« Dash kam zu den anderen zurück und breitete hilflos die Arme aus. »Das ist doch alles total verrückt! Wie kann das sein?«

Poppy legte eine Hand auf die Rückenlehne eines der Sofas im Spielezimmer. »Vielleicht können wir die Möbel als Rammböcke benutzen …«

»Als Rammbock?« Marcus schüttelte den Kopf. »Das hier ist kein Videospiel, Poppy.«

»War nur eine Idee …«

»Ich glaube, wir können *nichts* tun, um diese Fenster oder Türen einzuschlagen«, sagte Dash mit zittriger, angespannter Stimme. »Poppy hat recht. Es liegt an diesem Ort oder an den maskierten Kindern oder was weiß ich. Sie haben uns hierhergelockt. Und jetzt halten sie uns hier gefangen.«

Eine Welle kalter Furcht packte die vier Kinder, und einen Moment lang standen sie erstarrt und zitternd da, wie gelähmt von der beängstigenden Lage, in der sie sich alle befanden.

KAPITEL 21

Azumi folgte dem pinkfarbenen Band jetzt schon so lange durch die dunklen und verwinkelten Korridore, dass sie insgeheim damit rechnete, bald wieder an ihrem Ausgangspunkt anzukommen. Doch das Band führte sie weiter und weiter, um immer neue Biegungen und Ecken, treppauf und treppab, und merkwürdigerweise kam Azumi dabei nie an eine Stelle, an der sie bereits gewesen war.

Wie riesig ist dieses Haus?, fragte sie sich.

Das Band fühlte sich zunehmend mehr wie eine Rettungsleine an, die sie irgendwann ins Freie bringen würde.

Nach weiteren hundert Metern gabelte sich der Korridor erneut. Im Schein ihrer Handy-Taschenlampe sah Azumi, dass das Nylonband nach rechts führte. Sie lauschte ihrem Atem und zählte im Kopf jeden Atemzug mit, um sich davon abzulenken, dass ihre Situation mit jedem Schritt merkwürdiger wurde.

Den Rucksack am Boden bemerkte sie erst, als sie mit dem Fuß am Trageriemen hängen blieb und stolperte. Dabei ließ sie das Band los und fiel der Länge nach hin.

Mit zitteriger Hand griff sie nach dem Rucksack. Er war aus verblichenem blauen Stoff und sah aus, als sei er lange Zeit Wind und Regen ausgesetzt gewesen. Die vorderen Taschen waren fast durchgescheuert, und die Seiten waren ausgefranst, als wären hungrige Tiere darüber hergefallen. Im Inneren entdeckte Azumi etliche Hefte, die anscheinend irgendwann einmal ziemlich nass geworden waren, jetzt aber wieder trocken waren. Sie wusste, wenn sie eins herausholte und aufschlug, würde sie nichts als graue Tintenkleckse sehen, die vom Wasser verwaschen waren.

Sie verpasste dem Rucksack einen wütenden Fußtritt, und er flog in hohem Bogen davon und prallte mit einem befriedigenden Klatschen gegen die Wand.

Dieser Rucksack war einer der ersten Gegenstände gewesen, den Moriko und sie in dem Wald hinter Tante Wakames Haus in der Provinz Yamanashi gefunden hatten. Und jetzt lag er hier in Larkspur, als hätte er nur darauf gewartet, erneut von Azumi gefunden zu werden.

Plötzlich bewegte sich ein Stück weiter vorne etwas. Schritte schlurften über den Boden.

»Wer ist da?«, rief Azumi. »Was geht hier vor sich?«

Sie nahm ihr Smartphone und leuchtete damit ins Halbdunkel. Dort lagen weitere Gegenstände verstreut herum, doch auf die Schnelle konnte sie nicht erkennen, was es war.

Langsam richtete Azumi sich auf und spitzte die Ohren. Nichts mehr zu hören. Sie tastete sich an dem Band entlang zum nächsten Gegenstand vor. Es war ein zerknülltes Foto, und die darauf abgebildeten Personen starrten zu ihr hoch. Sie kannte auch dieses Foto bereits. Es war ein Schnappschuss von einem Vater, der mit seiner Tochter an der Ecke einer belebten Straße stand. Die Tochter hatte einen Arm um seine Schultern gelegt, und beide lächelten in die Kamera. Azumi wusste, dass es in Tokio aufgenommen worden war. Sie wusste auch, dass sie auf der Rückseite des Fotos japanische Schriftzeichen sehen würde, mit Kugelschreiber geschrieben: *Lebwohl, mein liebes Kind. Verzeih mir.* Azumis Japanisch war bei Weitem nicht so gut, wie ihre Eltern es sich gewünscht hätten, doch sie hatte auch dieses Foto schon einmal gesehen – in dem Wald und an dem Tag, an dem Moriko verschwunden war.

Bei jedem neuen Gegenstand wurde Azumi noch schwindeliger, und sie befürchtete, erneut die Kontrolle über sich zu verlieren und wieder schallend lachen zu müssen, wie vorhin, als sie mit Marcus in der Waschküche stand. Sie zog ihre Jacke enger um sich und unterdrückte dieses Gefühl, weil sie unbedingt einen klaren Kopf behalten musste.

Azumi erinnerte sich an einen Tag im letzten Jahr, als Moriko versucht hatte, sich mit einer Nähnadel den Bauchnabel zu piercen. Azumi war zu ihren Eltern gelaufen und hatte es ihnen erzählt. Doch zu ihrer Verärgerung hatten die Eltern nur gelacht.

»Was ist, wenn es sich entzündet?«, hatte sie versucht, ihnen klarzumachen.

»Soll es sich doch entzünden«, hatte ihr Vater nur gesagt. »Das wird deiner Schwester eine Lehre sein, meinst du nicht?«

Soll es sich doch entzünden. Dieser Gedanke war Azumi auch durch den Kopf geschossen, als sie an jenem letzten, schicksalhaften Nachmittag zu Tante Wakames Haus zurückgelaufen war. An diese Worte hatte sie gedacht, als die Sonne untergegangen war und sie ihrer Tante immer noch nicht gesagt hatte, dass sie Moriko am Waldrand allein gelassen hatte, als diese unbedingt dem dämlichen pinkfarbenen Band folgen wollte. *Das wird deiner Schwester eine Lehre sein, meinst du nicht?*

Wie hätte Azumi vorhersehen sollen, dass sich diese Infektion ausbreiten würde – dass sie wie ein Wurm in ihr Hirn kriechen, sie in einen tumben Zombie verwandeln und nichts ahnend in das Dunkel ihrer Träume führen würde?

Am Ende des Korridors folgte Azumi dem Band um eine weitere Biegung. Ein Stück weiter vorne war rechts eine offene Tür, durch die etwas Licht in den Korridor fiel. Dort begann eine Spur aus Papierfetzen und einzelnen Blättern, die auf dem Boden verstreut lagen wie Brotkrumen auf einem Weg. Azumi bückte sich, um sich diese Blätter anzusehen. Sie waren mit Bleistift beschrieben und begannen alle mit *Liebe Schwester …*

Jemand spielte mit ihr. Mit ihr und den anderen. Zuerst die gespenstischen Pappmaschee-Figuren, die ihnen so ähnlich sahen, und jetzt die Bänder und Gegenstände aus dem Wald in Japan hier im Haus …

Sie hob ein weiteres Blatt auf. Es war etwas anders als die vorigen. Auf die Worte *Liebe Schwester* folgten mehrere dicke, schwarze Linien – der Rest des Geschriebenen war mit einem dicken schwarzen Filzstift durchgestrichen worden. Azumi besah sich das Blatt etwas genauer. Als sie das Licht ihrer Handy-Taschenlampe dicht über die Seite hielt, konnte sie leichte Vertiefungen im Papier erkennen und mit einiger Mühe einen Teil der durchgestrichenen Wörter entziffern.

Liebe Schwester,
Du fehlst mir so sehr! Ich wünschte, wir könnten uns wieder in die Augen schauen, dann würde ich endlich den Trost finden, den ich das ganze letzte Jahr gebraucht hätte – das weiß ich. Ich weiß, dass Du mir alles erklären könntest. Du würdest mir sicher auch sagen können, warum Ihr nicht nach mir gesucht habt ...
Ich kann mich nicht daran erinnern, was passiert ist ... In der einen Minute warst Du noch an meiner Seite, in der nächsten konnte ich Dich nicht mehr sehen. Hat der Direktor auch mit Dir geredet?
Warum habe ich nie von Dir gehört?? Hast Du meine Briefe nicht bekommen? Habe ich sie überhaupt abgeschickt, oder spielt mir mein Gedächtnis einen üblen Streich und redet mir ein, dass ich auf eine Nachricht von Dir warte und warte, obwohl Du vielleicht gar nicht weißt, wo ich bin?

Azumi wurde von einem wilden Zorn gepackt, und sie war drauf und dran, das Blatt zu zerknüllen. Jemand hatte Morikos Handschrift nachgemacht, absolut perfekt. Wer wagte es, sich auf diese Weise über ihre Schwester lustig zu machen? Außer Marcus hatte sie keinem hier von ihr erzählt. War es ihm zuzutrauen, ihr so einen dummen Streich zu spielen, vielleicht als Rache, weil sie ihn irgendwie gekränkt hatte?

Da hörte sie ein Stück weiter vorne ein Hüsteln und sah eine Gestalt im bleichen Licht des Durchgangs stehen. Und diese Gestalt hielt das Ende des pinkfarbenen Bands in der Hand. Azumi blinzelte und rief zögerlich: »Hallo?«

Die Gestalt reagierte nicht. Sie bewegte sich auch nicht. Azumi versuchte, ihr Zittern zu unterdrücken, als sie langsam auf diese Gestalt zuging.

»Hast du das geschrieben?« Sie merkte, dass sie gegen Tränen ankämpfte. »Antworte mir!« Azumi hätte ihre Gefühle nicht beschreiben können. In ihrem Kopf herrschte ein einziges Chaos.

Sie dachte an den Tag vor einigen Wochen zurück, an dem sie im Internet nach Schulen an der Ostküste gesucht hatte und erstaunlicherweise immer nur ein Name aufgetaucht war: *Larkspur*. War die Gestalt da vor ihr auch dafür verantwortlich? Nein, das war unmöglich. Weder technisch noch gefühlsmäßig – dass jemand so grausam sein könnte, konnte sich Azumi nicht vorstellen.

Sie wollte das Blatt in ihrer Hand gerade wütend zerreißen, als die Gestalt einen Schritt vortrat. Sie stand jetzt genau im

Licht von Azumis Taschenlampen-App. Azumi verschlug es den Atem.

»Moriko?«, keuchte sie. Ihr Gesicht begann zu glühen. Ihr ganzer Körper prickelte, und der Boden kippte zur Seite – zumindest kam es Azumi so vor.

Die Gestalt wich ins Halbdunkel zurück, ihre Umrisse lösten sich auf. Sie ließ das Ende des Bands los und verschwand durch die Tür.

»Moriko, warte!«, schrie Azumi und rannte ihrer Schwester nach.

KAPITEL 22

»Hey, kommt mal her!«, rief Dash zu den anderen nach hinten. Dylan und er standen vor einer breiten Holztür, die rechts vom Korridor abging. »Vielleicht gibt's dahinter einen Weg ins Freie!«

Über der hohen Tür befand sich ein geschnitzter Rundbogen, der wie eine aufgehende Sonne aussah. Marcus und Poppy gingen zögerlich auf die Zwillinge zu, während Dylan bereits am Türknauf rüttelte.

»Ich fürchte, das wird nichts«, meinte Marcus. »Guckt doch mal!«

Dylan hatte übersehen, dass die Tür an der Außenkante mit einem guten Dutzend rostiger Nägel am Rahmen befestigt war.

Frustriert schob Dash die Hände seines Bruders weg. »Sieht ganz so aus, als wollten sie nicht, dass jemand da reingeht.«

»Entweder das«, erwiderte Poppy, »oder sie wollen nicht, dass etwas oder jemand da rauskann.«

Gequält kniff Dash die Augen zu, und Poppy begriff, dass es vielleicht keine gute Idee war, ihren neuen Freunden noch mehr Angst einzujagen. Freunde? Waren sie überhaupt ihre

Freunde? Gut, mit Dylan und Marcus war sie nicht warm geworden, aber Dash mochte sie schon irgendwie.

»Tut mir leid, Dash«, sagte sie, was ihr nicht leichtfiel. Die Mädchen in Thursday's Hope hatten sich nie freiwillig entschuldigt, sondern immer nur dann, wenn Mrs Tate ihnen eine Strafe androhte.

»Hört ihr?«, flüsterte Dylan. Er beugte sich vor und hielt sein Ohr so, dass es beinahe die Tür berührte – aber wirklich nur beinahe. Die anderen hörten es ebenfalls, auch ohne sich von der Stelle zu rühren. Es war ein Kratzen – wie von langen Fingernägeln.

Dylan sah die anderen fragend an. »Es könnte doch Azumi sein.« Doch keiner von ihnen wollte rufen oder sich sonst irgendwie bemerkbar machen.

»Was, wenn sie es ist?«, flüsterte Poppy. »Wir bräuchten eine Zange, um die Nägel rauszuziehen.«

»Gut, wir können ja nach einer suchen«, schlug Marcus vor, aber keiner schien Lust zu haben, sich noch einmal in den düsteren Korridor zu wagen, durch den sie gekommen waren.

Plötzlich wurde von der anderen Seite heftig am Türknauf gerüttelt, und alle wichen erschrocken zurück. Dann warf sich etwas mit solcher Wucht gegen die Tür, dass sie sich regelrecht nach außen wölbte. Nur mühsam hielten die Nägel im Rahmen stand.

Dash begann zu wimmern. Vor Schreck wagte keiner, sich zu rühren. Oder etwas zu sagen. Doch Dash spürte, dass alle dasselbe dachten wie er: *Dort drüben ist eines der maskierten Kinder und will uns angreifen.*

Dann hörte das Hämmern auf, so plötzlich, wie es begonnen hatte. Auch das Kratzen war nicht mehr zu hören. Im Korridor herrschte auf einmal eine Stille, die förmlich in ihren Ohren summte. Keiner wagte zu atmen. Jedenfalls so lange nicht, bis jemand entsetzt nach Luft schnappte und die Stille zerriss.

»Marcus«, wisperte Dylan mit vor Schreck weit aufgerissenen Augen. »Hinter dir steht jemand.«

KAPITEL 23

Alle fuhren herum.

Ein Stück weiter hinten in dem breiten Korridor, einige Meter von der zugenagelten Tür entfernt, stand ein Junge und starrte sie an. Zumindest sah es so aus, als würde er sie anstarren – das war wegen seiner Maske schwer zu sagen. Die Maske sah aus wie ein Hundekopf, und die aufgemalten Lefzen reichten bis an die Ohren des Jungen. Er hatte struppige aschblonde Haare und war gekleidet wie alle Kinder, die sie heute schon gesehen hatten: Flanellhose, weißes Hemd und grauer Pulli.

»Wer bist du?«, schrie Marcus. »Was willst du?«

Der Junge mit der Hundemaske machte einen Schritt auf Marcus zu und nickte ihm zu, als wollte er ihn provozieren. Er hielt eine Violine in der Hand, der man schon von Weitem ansah, dass sie total ramponiert war. Der Hals des Instruments hing nur noch an den Saiten und pendelte daran wie ein Metronom hin und her.

»Er will uns bloß Angst machen«, meinte Dylan und ging einen Schritt auf den Jungen zu.

Dash wollte ihn festhalten, doch Dylan schüttelte seine Hand ab. »Keine gute Idee, Kleiner!«, sagte er zu dem Maskierten. »Zieh Leine!«

»Dylan, halt die Klappe!«, zischte Dash.

»Marcus«, wisperte Poppy. »Du bist zu nah dran!«

Der Junge mit der Maske drehte langsam den Kopf, als würde er sie alle vier einzeln mustern. Dann, ganz plötzlich, schlug er zu. Seine Violine traf Marcus so hart mitten ins Gesicht, dass der umfiel. Noch bevor einer der anderen begriffen hatte, was geschah, hatte sich der maskierte Junge auf den am Boden liegenden Marcus gestürzt und zog die Saiten seiner kaputten Violine über seinem Hals straff, um ihm die Luft abzuschnüren. Marcus quollen die Augen aus dem Kopf, und er stieß einen erstickten Schrei aus.

»Aufhören!«, rief Dash. »Runter von ihm!« Er trat dem Angreifer mit voller Wucht in die Rippen. Der zeigte kaum eine Regung, während Dash rückwärts stolperte und ebenfalls zu Boden fiel.

»Whoa!«, rief Dylan. »Jetzt bist du erledigt.« Er wollte gerade auf den maskierten Jungen losgehen, war aber nicht schnell genug. Mit einer unerwarteten Drehung wich der Junge seinem Fausthieb geschickt aus und drückte blitzschnell sein Knie gegen Dashs Hals. Nun war Dash neben Marcus auf dem Boden festgenagelt. Dylan war vor Schreck wie gelähmt.

»Dylan!«, winselte Dash.

»Lass sie los!«, rief Poppy, nachdem sie den ersten Schock abgeschüttelt hatte. Sie warf sich ins Getümmel und versuchte, die Saiten von Marcus' Hals wegzureißen. Dylan wollte das Knie des Maskierten wegdrücken, doch der wich erneut aus.

»Dylan, pass auf!«, schrie Poppy.

Der Hundejunge zischte Dylan an und zuckte zurück, als dieser mit der Faust ausholte und nach ihm schlug. Fast gleichzeitig versetzte Poppy dem Jungen einen kräftigen Schubs, sodass Dash seinen Oberkörper bewegen und sich unter seinem Angreifer hervorwinden konnte.

Marcus, der immer noch auf dem Boden lag, schlug wie wild um sich. »Ver...schwin...de!«, keuchte er und versuchte, den Jungen an der Kleidung von sich wegzuziehen.

Dylan hatte eine ähnliche Idee. Er ging mit erhobenen Fäusten auf den Jungen zu und wollte ihn an seinem Pulli von Marcus runterreißen, doch seine Hand glitt einfach durch ihn hindurch. Der Junge blickte auf, und die Hundemaske schien sich zu verändern – die Augen wurden größer, die Oberlippe zog sich mit einem Knurren zurück und enthüllte gelbe Plastikzähne. Er sprang auf und zog dann den Kopf ein, als wenn ihn Dylans Versuch, ihn zu berühren, erschreckt hätte. Plötzlich war ein Dröhnen zu hören, gefolgt von einem gewaltigen Krachen. Das ganze Gebäude erbebte, und irgendwo in weiter Ferne ertönte ein lautes Grollen. Der maskierte Junge ließ von der Gruppe ab und wankte geduckt auf die zugenagelte

Tür zu, wobei er seine demolierte Geige hinter sich her über den Teppich schleifte.

Keuchend und würgend setzte Marcus sich auf.

Die vier Kinder drängten sich in der Mitte des Korridors zusammen. Voller Entsetzen beobachteten sie den Jungen, sämtliche Muskeln wie Sprungfedern angespannt. Doch der maskierte Junge starrte auf die Wand hinter ihnen. Als sie seinem Blick folgten und sich umdrehten, sahen sie sich einer breiten, ausgefransten Öffnung gegenüber, die gerade eben noch nicht da gewesen war. Das Dröhnen, das Krachen, das Grollen … Das Gebäude hatte um sie herum erneut die Form verändert.

Am anderen Ende eines dunklen, staubigen Gangs blinkte ein Licht. Es war eine kleine kugelförmige Lampe an der Decke eines altmodischen Fahrstuhls, der rundum aus Gitterwänden bestand.

Der Junge mit der Hundemaske ächzte und lehnte sich an die gegenüberliegende Wand. Er drückte seine kaputte Geige an die Brust und starrte die kleine Gruppe an, als hätte er die Angst vergessen, die ihn von seiner Angriffslust abgelenkt hatte. Aus den Tiefen seiner Kehle kam ein Knurren: *Arrrrgh*!

Dash sprang auf und hielt sich den Hals. »Wir müssen …« Er rang nach Luft. »Wir müssen hier weg.« Er packte Marcus am Kragen seines T-Shirts und Poppy an der Schulter. Ohne den maskierten Jungen aus den Augen zu lassen, kletterten die vier durch die neu entstandene Öffnung. Dann rannten sie los, durch den dunklen Gang, auf die Lampe zu. Der Abstand zwischen ihnen und ihrem Angreifer wurde schnell größer. »Beeilt euch!«

Der Junge mit der Maske richtete sich auf und stand mit leicht gebeugten Knien da, als wollte er sich gleich wieder auf sie stürzen.

»Da lang!«, krächzte Marcus mit heiserer Stimme. Er hatte nur Augen für das dämmerige Licht in dem Fahrstuhl.

»Lauft!«, rief Dash. »Schneller!«

Dash und Poppy rannten voraus, Dylan folgte mit Marcus, den er stützen musste.

»Danke«, stöhnte Marcus.

»Weiter!«, drängte Dylan.

Marcus hörte, dass der Hundejunge hinter ihnen herlief und rasch aufholte, doch er konzentrierte sich ganz auf den Lichtschein in der Ferne. Falls es um sie herum Wände gab, so bestanden sie lediglich aus Schatten. Das Gebäude schien zu erbeben, und die Fußböden knackten, als würde der Gang hinter ihnen immer länger und länger werden. Was auch passierte, er konnte nur hoffen, dass es ihnen ein paar zusätzliche Sekunden Vorsprung vor dem maskierten Jungen verschaffte.

Da kam links vom Aufzug etwas aus der Dunkelheit geschossen und raste mitten in die Gruppe hinein. Dash und Marcus stießen einen überraschten Schrei aus, während Poppy und Dylan herumgerissen und wieder in die Richtung gewirbelt wurden, aus der sie gerade gekommen waren.

Benommen registrierte Marcus, dass der Junge mit der Hundemaske nur noch wenige Meter hinter ihnen war und entschlossen näher humpelte.

»Poppy!«, rief eine aufgeregte, schrille Stimme. »Du meine Güte!«

Das Etwas, das in ihre Gruppe gerannt war, war Azumi. Im schwachen Schein der Lampe im Aufzug war die Panik in ihrem Gesicht zu sehen.

»Bitte helft mir!« Azumi warf einen Blick über die Schulter in die Richtung, aus der sie gekommen war. »Eine Verrückte ist hinter mir her …«

»Schnell, da rein!« Poppy drückte die Scherengittertüren des Fahrstuhls auseinander und schob sich hinein. »Kommt!« Die anderen folgten ihr. Die Kabine, die zuerst recht klein ausgesehen hatte, war plötzlich groß genug für sie alle. Die anderen pressten sich an die Rückwand, während Poppy dem Türgriff einen Stoß versetzte. Knirschend und quietschend schlossen sich Aufzugtüren.

Ein Körper warf sich von außen dagegen und brachte das Metallgitter zum Erzittern. Die alte, rissige Hundemaske aus Plastik drückte sich gegen die rautenförmigen Löcher des Aufzugs, als der Junge die Hände ins Innere schob und nach ihnen krallte.

Poppy war klar, dass es nur eine Frage der Zeit war, bis der Hundejunge den Riegel zu fassen bekommen und die Türen auseinanderziehen würde. Ihr Mund war trocken. In ihrem Kopf ging es drunter und drüber. Sie musste sich konzentrieren, sonst würde sie zusammenbrechen. Verzweifelt suchte sie nach den Knöpfen, mit denen man den Aufzug in Gang setzen konnte. Doch es gab keine Knöpfe, nur eine runde Scheibe, auf der das Wort OTIS stand und aus der oben ein kleiner schwarzer Hebel ragte. »Ich weiß nicht, was ich tun soll«, flüsterte sie vor sich hin. »Was soll ich nur tun?«

»Geh lieber zurück, sonst verlierst du einen Arm, wenn sich das Ding in Bewegung setzt«, rief Dylan dem Maskierten höhnisch zu. Dash klammerte sich zitternd an die Schulter seines Zwillingsbruders.

Azumi drängte sich an den beiden vorbei und versuchte, die Hände des Angreifers wegzuschlagen, ohne von ihnen verletzt zu werden.

»Azumi, was soll das?«, rief Poppy. »Sei vorsichtig!«

Marcus drückte sich an die Wand und rieb sich Hals und Augen. Er räusperte sich. »Poppy! Jetzt mach schon!«

»Okay, okay!« Entschlossen drückte Poppy den schwarzen Hebel nach rechts. Zu ihrer Überraschung machte die Aufzugkabine einen Ruck und setzte sich mit lautem Quietschen in Bewegung. Der Aufzug fuhr nach oben.

Der Hundejunge konnte seine Arme gerade noch rechtzeitig aus dem Gitter ziehen. Er stieß ein markerschütterndes, unmenschliches Jaulen aus, während er aus ihrem Blickfeld verschwand.

KAPITEL 24

Nachdem sie das Erdgeschoss hinter sich gelassen hatten, drückte Poppy den schwarzen Hebel zurück in die Mitte, und der Fahrkorb blieb zwischen zwei Stockwerken stehen. Aus irgendeinem Grund waren die Aufzugwände nicht zu sehen. Die fünf Kinder waren von völliger Dunkelheit umgeben, und es fühlte sich fast an, als wären sie in einem Raumschiff irgendwo im Weltall.

Sie drängten sich in der Mitte der Kabine zusammen und wagten kaum zu atmen, als hätten sie Angst, dass jederzeit wieder eine Hand hereingreifen könnte, die sie packen wollte. Komischerweise kam ihnen der Fahrkorb größer vor als noch vor wenigen Sekunden.

Immerhin waren sie vorläufig in Sicherheit. Und selbst wenn nicht, war die plötzliche Stille wie Balsam für ihre Seelen. Eine Zeit lang standen sie nur da, atmeten tief durch und inspizierten ihre Verletzungen. Sie waren alle heilfroh, dass sie noch lebten.

Dylan bereute, was er getan hatte. Wenn er dem Jungen mit der Hundemaske gegenüber keine dicke Lippe riskiert hätte, wäre sicher keinem von ihnen etwas passiert. Trotz allem, was sie einander von sich erzählt hatten, hoffte er insgeheim noch immer, Del Larkspur würde irgendwann hinter einem Vorhang hervortreten und ihnen sagen, dass alles nur ein Test gewesen war. Er würde ihnen die Kameras und Scheinwerfer zeigen und einen gemütlichen Ruheraum, wo sie sich stärken und den Rest des Drehbuchs lesen konnten – denn so war es bisher immer gewesen. Das Filmteam kümmerte sich um die Schauspieler. *Es wird keiner kommen,* gestand er sich nun ein. *Dash und du, ihr seid auf euch selbst gestellt.* Sie waren reingelegt worden.

Wieder versuchte er verzweifelt, die Panik in seinem Inneren zu unterdrücken, die nach dem merkwürdigen weißen Blitz auf der Treppe aufgeflammt war, und dann erneut im Korridor beim Anblick des Jungen mit der Bärenmaske. Dylans Gedanken überschlugen sich. Ehrlich gesagt hatte er diese Panikattacken nun schon seit Wochen, doch er hätte nicht sagen können, wann oder warum sie begonnen hatten. War ein Traum der Auslöser gewesen? Er hatte Schwierigkeiten, die Ereignisse der letzten Wochen zeitlich einzuordnen. Es gab so viele fehlende Teile, so viele Lücken in seinem Kopf. Insgeheim wusste er, dass Dash recht gehabt hatte. Und vielleicht hatte es diese Reise gebraucht, um Dylan die Augen zu öffnen.

»Dylan, alles okay?« Dash legte seinem Bruder eine Hand auf die Schulter. »Es tut mir so leid.«

Dylan kam sich so dumm vor, dass er den Kopf abwenden musste, um seine Tränen zu verbergen.

»Marcus, darf ich mir deinen Hals mal ansehen?«, fragte Azumi.

Marcus hob den Kopf, und alle zuckten zusammen, als sie die langen Striemen sahen, die die Saiten der Violine in seine Haut geschnitten hatten. Aus einem der Striemen kam Blut.

»Kann sein, dass ich irgendwo ein Pflaster habe.« Poppy wühlte in ihrer Tasche. Sie zog ein Taschenbuch heraus – *Der König von Narnia* –, und nachdem sie die ersten paar Seiten umgeblättert hatte, kamen darin alle möglichen Dinge zum Vorschein. Unter anderem auch ein Pflaster, das sie nun Marcus reichte.

»Man kann nie wissen«, sagte sie. Ihre Augen blitzten auf. »Oh, und ich habe noch etwas, das dir guttun könnte.« Wieder wühlte sie in den Tiefen ihrer Tasche und förderte ein Hustenbonbon mit Kirschgeschmack zutage.

»Danke«, wisperte Marcus.

»Kann ich auch eins haben?«, fragte Dash, dessen Stimme ebenfalls etwas rau klang. »Dieser Hundekerl hat mich auch ganz schön erwischt.«

Poppy nickte und griff erneut in ihre Tasche. Sie ertastete etwas, runzelte die Stirn und zog dann die dicke Mappe heraus, auf der *Spezialfälle* stand. Sie legte sie zwischen ihnen auf den Boden und holte dann ein weiteres Hustenbonbon für Dash aus ihrer Tasche.

»Und du? Alles in Ordnung mit dir?«, wandte sich Dylan an Azumi, die Poppys Suchaktionen stumm und besorgt beobachtet hatte. »Dieses Mädchen, das hinter dir her war …«

»Sie hat mich nicht angegriffen«, sagte Azumi. Die anderen warteten schweigend auf weitere Erklärungen. »Ich habe eine Stimme gehört, und als ich ihr gefolgt bin, habe ich mich verlaufen. Dann … dann glaubte ich, meine Schwester zu sehen …«

»Ist deine Schwester nicht …?«, fiel Marcus ihr ins Wort.

»Tot, ja«, sagte Azumi. »Das habe ich dir doch schon erzählt, Marcus. Trotzdem bin ich auf das Mädchen zugelaufen. Aber beim Näherkommen habe ich gesehen, dass es nicht Moriko war. Es war ein Mädchen mit einer Schimpansenmaske. Sie hat mich angeknurrt.« Azumi warf ihre langen schwarzen Haare zurück, wie um sich zu sammeln. »Und als sie auf mich zukam, bin ich weggerannt.«

Ihr Blick huschte zu der Mappe, die Poppy auf den Boden gelegt hatte, bevor sie sich wieder der Gruppe zuwandte. »Also, was machen wir jetzt?«

KAPITEL 25

Dash bückte sich zu der Mappe. »Was ist das, Poppy?«

Poppy zuckte mit den Schultern. »Keine Ahnung, ich habe sie in dem Büro eingesteckt, bevor ... na ja, bevor es abgebrannt ist. In der ganzen Aufregung hatte ich sie völlig vergessen.«

»*Spezialfälle*?« Dylan ging neben seinem Bruder in die Hocke und schlug die Mappe auf. »Wow!«

In der Mappe befanden sich fünf Papierbündel, die jeweils von einem Gummiband zusammengehalten wurden.

Poppys Herz klopfte wie wild, als sie sich neben die Zwillinge kniete. Sie breitete die fünf Papierbündel auf dem Boden aus. Oben links auf der ersten Seite klebte jeweils ein kleines Schwarz-Weiß-Foto. Die Bilder sahen wie Verbrecherfotos aus und zeigten drei Jungen und zwei Mädchen.

Poppy schnappte nach Luft. »Ich habe diese Kinder schon mal gesehen«, sagte sie. »Auf der Kohlezeichnung neben der Tür im Büro.«

Nach einem verlegenen Blick auf Marcus fügte sie noch hinzu: »Vor Wochen hat mir das Mädchen, das ich immer im

Spiegel gesehen habe, eine Zeichnung gegeben, auf der diese Kinder abgebildet waren. Sie standen vor einer Steinmauer, ganz ähnlich wie die neben dem Tor von Larkspur, und trugen Masken. Genau die gleichen Masken wie die Kinder hier im Haus. Ich habe gleich gespürt, dass mir das Mädchen mit dieser Zeichnung etwas mitteilen wollte, aber ich hatte keine Ahnung, *was*.«

»Das ist mir alles zu viel!« Azumi ging zu der OTIS-Scheibe und streckte die Hand aus. »Rauf oder runter?«

Die anderen starrten sie entsetzt an.

Poppy ging einen Schritt auf sie zu. »Ich finde, wir sollten im Moment lieber bleiben, wo wir sind.«

»Marcus und Dash sind verletzt«, gab Azumi zu bedenken. »Sollten wir nicht endlich zusehen, dass wir hier rauskommen?«

»Was glaubst du, was wir die ganze Zeit versucht haben?«, erwiderte Poppy. »Aber im Moment sind wir hier drin sicherer als irgendwo da draußen.«

»Wir wissen doch nicht mal, was uns *da draußen* erwartet«, sagte Azumi. Sie runzelte die Stirn und griff nach dem kleinen schwarzen Hebel. Dann ließ sie die Hand mit einem entnervten Seufzer sinken und kam zu den anderen zurück. »Na schön.«

Alle wandten sich wieder der Mappe zu.

»Das sind also die Kinder, die uns verfolgt haben, richtig?«, fragte Dash.

Poppy las die fünf Namen vor: »Matilda Ribaldi, Randolph Hanson, Esme Alonso, Irving Wells und Aloysius Mears.«

»Aloysius! Poppy, dieser Name stand doch auf der Innenseite der Hasenmaske!«

»Keines dieser Kinder sieht besonders *speziell* aus, oder?«, meinte Dylan. »Ich finde, sie wirken eher erschöpft.«

Er hatte recht. In ihren Augen war keine Spur von dem verschmitzten Funkeln und der übermütigen Energie, die man sonst bei Kindern oft sah. Das war Poppy vorhin schon aufgefallen, auf der Zeichnung im Büro. Diese leblosen Augen hatte sie auch bei einigen der Kinder in Thursday's Hope beobachtet, besonders am Anfang, wenn sie neu angekommen waren. Und obwohl sie es sich nicht gern eingestand, hatte sie vermutlich einen ähnlich leeren Blick.

Auf den Fotos waren die Augen der Kinder nur dunkle Höhlen, ihre Mundwinkel hingen herunter, und sie standen steif und reglos da, als müssten sie sich für etwas Schreckliches wappnen, das ihnen bevorstand. *Man könnte fast meinen, sie stünden vor einem Erschießungskommando,* dachte sie unwillkürlich, schob diesen morbiden Gedanken aber schnell wieder beiseite.

Sie löste das Gummiband von dem Blätterbündel, in dem es um das Mädchen namens Matilda ging, und überflog die Seiten – es waren Beschreibungen zu ihrer Person und ihrem Leben.

»Hier steht: Matilda liebt Märchen, Bücher, Puppen und singt sich selbst abends gern Gutenachtlieder vor. Sie ist eher schüchtern und muss ermuntert werden, an Gruppenaktivitäten teilzunehmen.«

»Wir sollten auch die anderen Akten lesen«, schlug Dylan vor.

»Dafür haben wir keine Zeit!«, drängte Azumi.

Dash schnaubte. »Wenn wir etwas haben, dann ist es Zeit!«

»Dylan hat recht«, meinte Marcus. »Wenn wir etwas mehr über dieses Haus und die Bewohner erfahren wollen, die hier leben – oder gelebt haben –, finden wir vielleicht auch heraus, wie wir von hier wegkommen.«

»Es sind Dutzende von Seiten«, gab Azumi zu bedenken. »Wie sollen wir das alles durchlesen?«

Plötzlich war in der Ferne etwas zu hören – es klang wie ein kleiner Gegenstand, der aus großer Höhe auf den Boden fiel. Alle hielten die Luft an und warteten auf das nächste Geräusch. Doch alles blieb still.

Poppy atmete hörbar aus. »Wir müssen es versuchen«, sagte sie und reichte jedem ein Papierbündel. »Fünf Akten. Eine für jeden von uns. Wir kommen schneller voran, wenn wir uns die Arbeit teilen.«

KAPITEL 26

Während sie alle konzentriert lasen, war alle paar Minuten aus der Dunkelheit dieses *Pling!* zu hören. Jedes Mal zuckten sie zusammen. Zum Glück klang es aber nicht so, als würde das Geräusch näher kommen.

»Kann ich mir deins mal ansehen?«, fragte Dylan seinen Bruder, und sie tauschten ihre Unterlagen.

Nach einer Weile sagte Dylan: »Da hat jemand ganze Passagen der persönlichen Daten geschwärzt, sowohl in der Akte von Irving als auch in der von Aloysius.«

Die anderen nickten und zeigten ein paar ihrer Seiten vor, in denen auch sehr viel geschwärzt war.

»Das war vermutlich dieser Caldwell«, meinte Dash. »Der Direktor des Waisenhauses.« Er blickte zu seinem Bruder. Poppy war schon mehrfach aufgefallen, dass er immer wieder Dylans Blick suchte, als bräuchte er dessen Bestätigung. Sie beneidete die beiden um ihre enge Verbindung.

»Genau das wollen wir ja herausfinden«, antwortete Poppy.

Dash las weiter. Nach einer Weile sagte er: »Der Direktor wollte aus irgendeinem Grund, dass keiner erfährt, woher diese Kinder kamen oder wer sie waren, bevor sie hergekommen sind.«

»Immerhin erfahren wir einiges über ihren Charakter«, wandte Marcus ein. »Ich denke, die Blätter hier sind nur ein kleiner Teil einer größeren Akte. Seht ihr? Hier sind überall Hinweise darauf, dass dieser Caldwell weitere Informationen über die Kinder gehabt hat ...« Während er weiterlas, wurden seine Augen immer größer: »Und hier steht auch, was er mit ihnen gemacht hat«, fuhr er verstört fort.

»Wie?«, fragte Poppy. »Was hat er mit ihnen gemacht?«

»Dieser Junge hier, Randolph, war Musiker.« Marcus blickte auf und sah die anderen an. »Genau wie ich«, ergänzte er langsam und hielt dann inne, als müsste er erst mal verarbeiten, was das bedeutete. »Hier steht, dass Caldwell diesem Randolph seine Instrumente weggenommen hat. Der Junge mit der Hundemaske hat mich mit einer kaputten Violine geschlagen. Ich vermute, dass *er* Randolph war.«

»Herrje.« Poppy hielt sich die Hand vor den Mund, während sie weiterlas. »Der Direktor hat Matilda gezwungen, all ihre Puppen kaputt zu machen. Das waren wahrscheinlich die Puppen, die sie mir in dem Büro gezeigt hat, bevor das Feuer ausbrach.«

Dash hielt seine Blätter hoch. »Aloysius war stumm. Und er mochte Süßigkeiten. Der Direktor schreibt hier, dass er

Aloysius' Lieblingsbonbons mit einem Farbstoff versetzt hat, der seine Zunge verfärbt hat und von dem ihm schlecht wurde.« Dash sah aus, als würde ihm auch gleich übel werden. »Ich denke, das war die schwarze Schmiere, die ich auf der Innenseite der Hasenmaske gesehen habe.«

»‚Irving ist ein geselliges Kind, das gerne mit den anderen spielt'«, las Dylan vor. Er überflog den Rest der Seite und erschauderte. »Der Direktor hat Irving gezwungen, Handschellen und eine Fußkette zu tragen, damit er sich nicht mehr frei bewegen konnte. Genau wie der Junge mit der Bärenmaske.«

»Und was steht in deinen Unterlagen, Azumi?«, fragte Marcus. »Was hast du rausgefunden?«

Azumis Gesicht war wie versteinert. Als sie antwortete, klang ihre Stimme, als bemühte sie sich, ruhig zu bleiben. »Esme hat darunter gelitten, dass sie von ihrer großen Schwester getrennt worden war«, sagte sie. In ihren Augen blitzte ein mörderischer Funken auf, bei dem es Poppy, die neben ihr saß, mit der Angst zu tun bekam. Einen kurzen Moment lang wäre sie am liebsten von ihr weggerückt.

»Mr Caldwell hat ihr jeden Briefkontakt verboten, obwohl Esme ihn immer wieder anflehte, ihrer Schwester schreiben zu dürfen. Esme war so wütend darüber, dass sie sich wünschte, sie könnte ...« Azumi blickte auf, und ihre Augen wurden wieder klar. »Sie muss das Mädchen mit der Affenmaske sein, das ich gesehen habe.«

Poppy wurde richtiggehend übel von allem, was sie gehört hatte. Sie konnte sich nicht vorstellen, dass dieser Mann irgendwie mit ihr verwandt sein konnte – auch wenn er denselben Nachnamen hatte. Er war ein Monster!

»Da ist noch etwas, was bisher keiner von uns angesprochen hat«, sagte sie, und alle sahen sie gespannt an. »Diese Aufzeichnungen sind schon jahrzehntealt. Wenn die Kinder, die wir heute gesehen haben, die aus den Akten hier sind, dann ... also ... Euch ist doch wohl klar, was das bedeutet, oder?«

»Du hast vorhin schon gesagt, dass es hier spukt«, erwiderte Dylan bedächtig. »Damit haben wir die Geister wohl gefunden.«

»Ich verstehe es einfach nicht«, sagte Marcus. »Wie kann jemand zu Kindern so grausam sein?«

»Weil Menschen eben grausam sein können«, antwortete Poppy mit versteinerter Miene. »Dafür brauchen sie keinen Grund.«

»Kein Wunder, dass diese Kinder alle so wütend sind«, warf Dylan ein. »Nach allem, was sie durchgemacht haben! Das alles muss sie übel verletzt haben.«

»*Verletzt* ist meiner Meinung nach nicht das richtige Wort«, entgegnete Poppy. »Es war viel schlimmer.«

»Tut mir leid, aber mein Mitleid hält sich gerade echt in Grenzen«, sagte Dash, und Azumi nickte zustimmend. »Vor allem wenn es wirklich *sie* waren, die uns hergelockt haben.«

»Irgendjemand hat uns jedenfalls kontaktiert«, bestätigte Dylan.

»Können Geister ins Internet gehen?«, fragte Dash. »Können sie einem Briefe schicken?«

Dylan zuckte mit den Schultern und blickte durch das Scherengitter in die sie umgebende Dunkelheit. »Keine Ahnung, war nur so ein Gedanke.«

»Nehmen wir mal an, dass Dash recht hat«, überlegte Marcus.

Dylan gab seinem Bruder einen freundschaftlichen Schubs, was diesem ein kurzes Lächeln entlockte.

Marcus räusperte sich und fuhr fort: »Nehmen wir mal an, diese Waisenkinder ...«

»Die *Speziellen«*, warf Dash ein.

»Richtig«, sagte Marcus, »die Speziellen. Nehmen wir mal an, dass sie es waren, die wollten, dass wir nach Larkspur kommen.« Er machte eine kurze Pause, offensichtlich um nachzudenken. »Warum *wir*? Was ist so speziell an uns?«

»Also, Dash und ich sind ja einigermaßen berühmt«, antwortete Dylan.

»Und das macht euch schon zu etwas Besonderem?«, fragte Azumi spitz und zog spöttisch eine Augenbraue hoch.

»Für manche Leute schon«, konterte Dash.

»Trotzdem – das mit den Tiermasken begreife ich nicht«, sagte Poppy.

»Der Direktor hat etwas dazu geschrieben, Moment.« Azumi überflog Esmes Akte erneut. »Hier steht's.« Sie las vor: »›Die

Masken berauben die Kinder ihrer Identität. Wenn sie fortan in einen Spiegel schauen, sehen sie nichts, was sie an ihre Vergangenheit erinnert. Und welche Zukunft sie sich auch ausmalen, sie wird frei von schädlichen Erwartungen sein. Diese Kinder werden meine leeren Gefäße sein, die ich mit Wundern füllen werde.‹« Azumis Lachen klang staubtrocken. »Mit Wundern!«, wiederholte sie abfällig. »Dieser Mr Caldwell hatte eine ziemlich schräge Auffassung von diesem Begriff.«

Poppy schwieg und dachte angestrengt nach. Stirnrunzelnd wälzte sie einen Gedanken in ihrem Kopf hin und her. Als sie schließlich den Mund aufmachte, war ihre Stimme leise, aber was sie sagte, ließ die Gruppe aufhorchen. »Ich glaube, wichtiger ist doch, was *uns* mit den Speziellen verbindet.«

»Wie meinst du das?«, erkundigte sich Dylan.

»Sie sind fünf, und wir sind fünf, richtig?«, erklärte Poppy. »Nehmen wir mal Matilda und mich. Sie liebte ihre Märchenbücher. Und auch für mich sind Bücher mein größter Schatz. Esme Alonso, das Mädchen mit der Affenmaske, wollte unbedingt mit ihrer Schwester in Kontakt bleiben. Und ... und Azumis Schwester ist gestorben. Auch da besteht eine Verbindung.«

Azumi kniff ablehnend die Augen zu, doch Poppy redete unbeirrt weiter. »Dann wären da du, Marcus, und Randolph Hanson. Beide Musiker, beide sehr talentiert.«

»Und was ist mit *uns*?«, fragte Dylan. »Was sollte ich mit diesem Irving gemeinsam haben, dem Bären in Ketten?«

»Na ja, ihr habt beide Charisma«, erwiderte Dash grinsend und schielte auf Irvings Akte. »Du bist gesellig und freundlich und kannst manchmal auch recht überzeugend sein.«

Poppy konnte nur mit Mühe ein überraschtes Auflachen zurückhalten, und Dylan sah sie empört an. Mit einem höhnischen Grinsen wandte er sich wieder an seinen Bruder. »Wenn das stimmt, müsstest *du* der Stumme sein.«

Dash ließ sich nicht provozieren. »Zugegeben, ich rede wirklich nicht viel, das stimmt.«

Azumi kniff die Lippen zusammen. »Dann sind wir also tatsächlich wie diese Speziellen«, sagte sie.

»Aber was haben sie mit uns vor?«, fragte Dash.

»Vielleicht wollen sie, dass wir ihren Platz einnehmen«, meinte Dylan. »Kann ja sein, dass sie freikommen, wenn sie uns hier einsperren.«

»Sie haben uns doch bereits eingesperrt«, erwiderte Azumi. »Und sie sind trotzdem noch hier.« Sie verschränkte die Arme vor der Brust. »Vielleicht wollen sie uns ja töten.«

Dash wurde leichenblass und sprang auf. »SAG SO ETWAS NIE WIEDER, VERSTANDEN?«

»Hey!« Dylan stieß seinen Bruder mit dem Ellbogen an und warf ihm einen Blick zu, der besagte: Bleib cool.

Dash war immer noch kreidebleich, doch er setzte sich wieder hin.

»Wir können froh sein, dass wir diese Unterlagen haben«, stellte Dylan fest. »Danke, Poppy.« Er raffte die Blätter zusammen, die zwischen ihnen lagen. Poppy errötete und knetete nervös ihre Hände. »Ich glaube nicht, dass sie das beabsichtigt haben«, fügte Dylan hinzu.

»Oder vielleicht doch«, widersprach Azumi. »Und was drin steht, ist erstunken und erlogen.«

Alle starrten sie einen Moment lang perplex an.

»Was ist? Hab ich etwas Dummes gesagt?«

»Da muss noch etwas sein, das wir noch nicht wissen«, überlegte Poppy, wobei sie sich bemühte, möglichst unbekümmert zu klingen. »Etwas, das nicht in diesen Akten steht. Wir haben noch nicht darüber gesprochen, was *uns* miteinander verbindet. Uns fünf.«

»Klingt, als hättest du schon die nächste Idee«, meinte Marcus.

»Unsere Poppy hat ehrlich gesagt eine Menge guter Ideen«, sagte Dash. »Wenn wir uns an sie halten, kommen wir vielleicht wieder von diesem grässlichen Ort weg.«

Poppy spürte, dass sie flammend rot anlief. Sie merkte, dass alle sie gespannt ansahen, als sei sie plötzlich die Anführerin. Das war ihr noch nie passiert, weder in der Schule noch im Waisenhaus.

»Spuck's schon aus, Poppy«, drängte Azumi. »Wir haben nicht den ganzen Tag Zeit.«

Wieder ertönte dieses leise *Pling!* irgendwo in der Dunkelheit. Inzwischen ließen sie sich davon nicht mehr groß stören. Doch diesmal folgte ein paar Sekunden später ein weiteres Geräusch: ein Scharren, als würde etwas über den Boden geschleift. Und zwar in nächster Nähe.

KAPITEL 27

Im Nu waren sie alle auf den Beinen und drängten sich in der Mitte der Aufzugkabine zusammen, so hektisch, dass sie einige der Blätter aus der Mappe zertrampelten. Ängstlich spähten sie durch die Scherengitter des Fahrstuhls nach draußen und suchten in dem Meer der Dunkelheit nach einer Bewegung.

»Da kommt jemand«, wisperte Azumi. »Ich hab's euch ja gesagt.«

Das Licht der Lampe über ihren Köpfen wurde noch etwas schwächer.

»Nein, nein, nein«, wimmerte Poppy. Dylan stieß sie an und zischte: »Psst!« Sie hielt sich eine zitternde Hand vor den Mund.

Dann nahmen sie in einiger Entfernung eine Bewegung wahr: Vier Gestalten lösten sich aus der Finsternis und kamen von jeweils einer anderen Seite auf den Fahrstuhl zu. Die Aufzugkabine war nie eine sichere Zuflucht gewesen. Durch den Lampenschein wirkte sie vielmehr wie ein Köder, wie das sprichwörtliche Licht, das die Motten anlockte. Und nun waren sie da.

Das Scharren wurde lauter, als die Gestalten langsam auf den Fahrstuhl zukamen und ihre Opfer umzingelten.

»Sind sie das?«, fragte Dash leise. »Die Speziellen?«

Marcus beugte sich vor und kniff die Augen zusammen, um die Gestalten in der Dunkelheit besser erkennen zu können. Gleich darauf riss er den Kopf zurück und drängte sich noch ein wenig dichter zwischen die anderen. »Nein«, raunte er. »Es ist etwas anderes.«

Der Lichtkegel der Deckenlampe im Fahrstuhl war nicht groß, man konnte höchstens fünf Schritte weit sehen. Und erst als die Gestalten so nahe waren, konnten die fünf Kinder sie deutlich sehen.

»Das sind ja *wir*«, wisperte Polly wie ein Echo dessen, was Marcus vor einigen Stunden im Spielezimmer gesagt hatte.

Was sich dem Fahrstuhl näherte, waren vier Puppen aus Pappmaschee, die aussahen wie jene, die Azumi im Spielezimmer aus dem Beutel geholt hatte. Diese Puppen hier waren allerdings so groß wie die Kinder selbst. Wegen ihrer starren Gelenke kamen sie nur mühsam voran, indem sie ihr Gewicht von einer Seite zur anderen verlagerten und die Füße ruckartig vorsetzten, was ihren Bewegungen etwas Abgehacktes verlieh.

Zwei von ihnen sahen vollkommen gleich aus: Sie hatten hellbraune Haut und trugen Shorts, T-Shirts mit Aufdruck und Sandalen. Zwillingsbrüder. Von der dritten Seite hinkte ein Mädchen mit heller Haut heran. Ihre Wangen waren mit Sommersprossen übersät, und der Tragegurt einer rosafarbenen Umhängetasche zog sich schräg über ihren Oberkörper. Die vierte Figur war ein rothaariger Junge. Alle Puppen hatten ein dickes weißes Seil um den Hals, dessen Ende sie hinter sich herzogen. Sie bewegten sich langsam, zielgerichtet und selbstsicher, als wüssten sie, dass sie alle Zeit der Welt hatten.

»Was sollen wir tun?«, flüsterte Dash mit erstickter Stimme.

Dylan ging zur OTIS-Scheibe. »Rauf oder runter?«, fragte er.

»Rauf!«, rief Azumi.

»Runter!«, schrie Poppy im gleichen Moment.

Dylan versuchte, den kleinen Hebel nach links zu drücken, doch dabei riss die Scheibe aus der Wand. Der Fahrstuhl rührte sich nicht vom Fleck. Voller Panik griff Dash nach der Stelle, wo der Hebel eben noch gewesen war, schnitt sich jedoch bloß in die Finger.

Die Figuren waren mittlerweile nur noch wenige Meter entfernt. Poppy zog die Zwillinge zurück in die Mitte des Fahrkorbs, damit sie nicht so dicht am Rand standen.

»Was sollen wir tun?«, wiederholte Dash kaum hörbar, so als hätte die Angst ihn stumm gemacht.

»Ruhig bleiben!«, flüsterte Poppy, während sie sich gleichzeitig den Kopf zermarterte. »Diese Figuren bestehen nur aus Papier. *Leere Gefäße*, richtig? Was können sie uns schon antun?«

Doch das war etwas zu vorschnell gesagt. Der rechte Arm der Poppy-Figur war unterhalb des Ellbogens fast durchgetrennt. Was hatte sie vorhin im Spieleraum über die Piñatas gesagt? *Man spielt nicht mit ihnen. Man zerschlägt sie.* An dem Riss in dem Arm baumelte ein aschgrauer Unterarm mit Fingern, die leicht zappelten.

Als hätte sie Poppys Gedanken gelesen, sagte Azumi plötzlich: »Diese Dinger sind *nicht* leer.«

KAPITEL 28

Marcus wandte den Kopf ab, um den Anblick der gespenstischen Poppy-Figur nicht länger ertragen zu müssen, doch wer starrte ihn da von der anderen Seite der Gitterstäbe an? Er selbst! Um ein Haar wäre er rückwärts gestolpert. Adrenalin rauschte durch seine Adern. Ihm blieb wohl nichts anderes übrig, als zu kämpfen.

Die Figuren hatten den Fahrstuhl nun umzingelt und drückten sich an den Metallkäfig. Als das *Ding*, das in der Poppy-Figur steckte, den gebrochenen Arm ans Gitter hob, ächzte es leise.

Die anderen Figuren begannen nun ebenfalls zu stöhnen und zu ächzen. Sie verrenkten die Gliedmaßen, als versuchten sie, ihre starren Hüllen zu sprengen. Sie drehten die Hälse und krümmten die Ellbogen. Einzelne Pappmascheestücke bröckelten ab und fielen auf den Boden.

Darunter kamen die Puppenspieler zum Vorschein. Die Speziellen.

Es war, wie Poppy vermutet hatte. Matilda war wegen Poppy gekommen, Randolph wegen Marcus, Irving wegen

Dylan, und Aloysius mit dem schwarzen Schleim vor dem Mund hatte es auf Dash abgesehen. Die Katze, der Hund, der Bär und der Hase. Ihre Augen waren leere Höhlen.

Ein paar Sekunden lang starrten die maskierten Waisenkinder, die Speziellen, die Gruppe reglos und schweigend an. Ihre Kleidung und ihre Haut waren voller Staub und Asche, die in Wolken auf den schwarzen Fußboden rieselten. Und dann, ganz plötzlich, gingen sie zum Angriff über.

Die Metallgitter des Fahrkorbs klirrten, als sich die Speziellen schreiend und kreischend dagegen warfen. Sie rüttelten daran, rammten ihre Köpfe dagegen und schlugen mit Armen und Beinen darauf ein, als seien sie plötzlich rasend geworden.

Azumi, Poppy, Marcus, Dash und Dylan klammerten sich aneinander. Einige wimmerten leise, andere bekamen vor Schreck keinen Laut heraus. Die Metallgitter, die sie als Schutz betrachtet hatten, begannen unter dem aggressiven Angriff der Speziellen zu quietschen und sich knirschend zu verbiegen, sodass die Angreifer noch weiter hereingreifen konnten. Klauenartige Finger krallten nach den fünf Kindern. Poppy schrie auf, als Matildas Hand ihr so nahe kam, dass sie ihre Haare zu fassen bekam und ihr mit einem Ruck ein ganzes Büschel vom Kopf rupfte.

»Sie werden uns in Stücke reißen!«, rief Azumi. Alle versuchten verzweifelt, sich so klein wie möglich zu machen.

»Das lassen wir nicht zu!«, schrie Poppy. »Wir müssen gegen sie kämpfen. JETZT!« Die Kinder im Fahrstuhl lösten sich voneinander.

Poppy und die Zwillinge schlugen verzweifelt nach ihren Gegnern, während Marcus schnell wieder zurückwich, als der Hundejunge ihn an der Jacke packte.

Azumi schob sich unauffällig auf die Aufzugtür zu.

»Du bist gekommen!«, knurrte Matilda mit gedämpfter Stimme, während sie nach Poppys Gesicht schlug. *»Du bist endlich gekommen.«*

Mit der flachen Hand stieß Poppy Matilda zurück. »Ich kenne dich nicht!«, schrie sie. Doch Matilda lachte nur und holte zum nächsten Schlag aus.

Aloysius und Irving hatten die T-Shirts der Zwillinge zu fassen bekommen und ließen sie nicht mehr los.

Mit seinem ganzen Körpergewicht warf sich Dash gegen Aloysius' Arm und drückte ihn ans Gitter. Irving ließ Dylan los und wollte auf Dash einschlagen, doch der duckte sich weg.

Nun, da er kurz außer Reichweite der restlichen Angreifer war, bemerkte Dash, dass Dylan plötzlich ganz starr wurde. *Oh nein, er bekommt gleich wieder einen Anfall!*

»DYLAN!«, schrie er, ließ Aloysius los, packte seinen Bruder und zog ihn rückwärts in die Mitte des Fahrstuhls.

Dylan kam plötzlich wieder zu sich. »Was soll das?«, keuchte er.

Aloysius warf sich erneut nach vorn, und seine Hand kam Dylans Gesicht gefährlich nahe. Dash trat erst nach ihm, dann nach Irving, der zischte und wie der Bär aufbrüllte, dessen Maske er trug.

Marcus versuchte, seine Jacke aus Randolphs Klammergriff zu befreien, als er sah, dass Azumi sich am Riegel zu schaffen machte. »Azumi!«, schrie er und riss sich los. Er stürzte zur Tür und stieß Azumi weg.

»Was soll das?«, rief er entsetzt. »Willst du sie etwa reinlassen?«

Azumi blinzelte, als erwache sie gerade aus tiefer Trance. Sie funkelte ihn an. »Wir müssen weglaufen!«

»Weglaufen?«, fauchte er. »Wohin? Sie sind zu schnell. Sie holen uns sofort ein.«

Ein neues Geräusch ließ sie zusammenzucken. Randolph war an den Gitterstäben des Fahrstuhls hinaufgeklettert und befand sich nun über ihren Köpfen. Marcus kauerte sich in die Mitte des Fahrstuhls und schlang beide Arme um den Kopf, um sich vor Randolphs Krallen zu schützen.

Azumi sprang hoch und schlug Randolphs Hand weg. Der jaulte auf, und Azumi kreischte: »Lass uns in Ruhe, du widerliches Ding!«

Matilda hatte Poppys Umhängetasche zu fassen bekommen und kicherte hämisch. Dann sprang sie so abrupt rückwärts, dass Poppy krachend gegen das Gitter geschleudert wurde. Poppy ächzte und straffte die Schultern, um nicht in die

Dunkelheit vor dem Aufzug gezogen zu werden. Mit aller Kraft krallte sie sich an den Gitterstäben fest.

Um sie herum war lautes Geschrei, und Poppy hätte den anderen gerne geholfen. Doch es ging alles viel zu schnell.

Es konnte nicht mehr lange dauern, bis die Speziellen einen Weg ins Innere des Fahrstuhls fanden und Azumis Prophezeiung eintreten würde: Sie würden die Gruppe in Stücke reißen, ebenso mühelos, wie Poppy der Pappmaschee-Puppe den Arm abgerissen hatte.

Es muss doch eine Möglichkeit geben, das hier irgendwie zu überleben, dachte Poppy, und ihre Gedanken überschlugen sich. *Wenn wir uns alle in der Mitte des Fahrstuhls versammeln ... und uns einen Angreifer nach dem anderen vornehmen...*

Doch dann bekam Matilda erneut Poppys Haare in die Finger und zog mit aller Kraft daran. Poppy schrie auf, als die Haarwurzeln aus ihrer Kopfhaut gerissen wurden. Außer sich vor Wut streckte sie einen Arm durch die Gitterstäbe, griff sich die Katzenmaske und machte einen Satz zurück.

Mit einem entsetzten Aufschrei schlug Matilda sich beide Hände vors Gesicht. Poppy ließ die Maske angewidert fallen und wappnete sich für die nächste Runde. Doch da ließ Matilda die Hände sinken, und Poppy sah ihr schockiertes und entsetztes Gesicht. Nackte Angst lag in den frostigen Augen, und ihre blasse Haut war voller angetrockneter Pappmascheeflecken.

Die Kämpfe um sie herum tobten weiter, doch über die beiden Mädchen legte sich plötzlich eine Stille, die allem Anschein nach nur sie beide wahrnehmen konnten.

Sie starrten einander an. Matildas Augen waren eisblau und glänzend. Für Poppy, die sie zum ersten Mal ohne Maske sah, war es ein Schock. Hinter der Maske steckte ein richtiges Mädchen, kein Monster. All diese Waisenkinder waren *echte* Kinder. Okay, tote Kinder vermutlich, aber trotzdem.

Poppy spürte die Verzweiflung, die von dem Mädchen ausging, als würde es erwarten, dass dieser Waffenstillstand nicht lange andauern würde.

Dann plötzlich fiel Poppy auf, dass das Kämpfen aufgehört hatte. Sie blickte sich um und sah, dass beide Gruppen sie anstarrten – die Maskierten *und* ihre Freunde.

Die anderen drei Speziellen, die noch Masken trugen, traten einige Schritte vom Fahrstuhl weg und gingen auf Matilda zu.

»Nein!«, schrie Matilda. Die Verzweiflung auf ihrem Gesicht traf Poppy bis ins Mark. »Lasst mich! Lasst mich!«

Doch da hatten sich die drei bereits auf sie gestürzt und sie zu Boden gerissen. Matilda wehrte sich mit Händen und Füßen, aber sie fielen über sie her und begruben sie unter sich.

Es sieht aus wie bei einer Fütterung von Wölfen, dachte Poppy bestürzt. Am liebsten hätte sie sich durch die Gitterstäbe gezwängt, um dem armen Mädchen zu helfen, doch dafür war keine Zeit.

»Nichts wie weg!«, rief sie ihren Freunden zu und drängte sich an ihnen vorbei zur Tür des Aufzugs. Sie schob den Riegel zurück und drückte die schweren Scherengitter so weit auseinander, dass ein schmaler Durchgang entstand, durch den sie einer nach dem anderen hinaus in die Dunkelheit schlüpfen konnten.

Ziellos rannten sie davon, bis Marcus abrupt stehen blieb. »Moment mal, wo sind wir?«

»Genau!«, keuchte Azumi. »Poppy, wo sollen wir hin?«

Poppy blickte sich um und stellte fest, dass sich die Speziellen hinter ihnen vom Fußboden erhoben. Matilda schob sich zwischen ihnen hindurch. Sie trug wieder ihre Katzenmaske! Poppy blinzelte und musste zweimal hinsehen. Die Maske, die sie Matilda vom Gesicht gerissen hatte, lag noch im Fahrstuhl. Wo kam diese neue Maske her?

Ein verstörender Gedanke schoss Poppy durch den Kopf: Die Maske war *nachgewachsen*!

Matilda rannte los, der kleinen Gruppe nach. Die anderen folgten ihr. Vor der Hintergrundbeleuchtung der Deckenlampe im Aufzug sahen sie aus wie graue, konturlose Jäger.

»Egal«, zischte Poppy und griff nach Azumis Hand. »Einfach nur weg!«

KAPITEL 29

Die fünf Gejagten rannten durch die Dunkelheit, die kein Ende zu nehmen schien.

Sie hatten den trüben Schein der Aufzuglampe längst hinter sich gelassen, und Dash und Dylan hatten die Taschenlampen an ihren Handys eingeschaltet. Das Licht reichte nicht weit, aber es genügte, um zu erkennen, dass der Boden vor ihnen steil anstieg. Ansonsten war um sie herum nichts zu sehen – weder Wände noch Möbel, einfach gar nichts. Es war fast, als hätte sich das Gebäude noch nicht ausgedacht, wie es dort aussehen sollte, wo die fünf Kinder hinrannten.

Irgendwann stolperte Poppy über eine Teppichkante und hätte beinahe einen Freudenschrei ausgestoßen, als sie etwas sah, das sie kannte. Mit jedem weiteren Schritt tauchten im gespenstischen Lichtschein der Handy-Taschenlampen neue Details des Hauses um sie herum auf. Da war eine Fußbodenleiste. Die Decke. Ein umgekippter Korbsessel. Ein kleines Feuerwehrauto aus Plastik. Ein Stück weiter vorn, am

Ende von dem, was eindeutig ein Korridor war, sah sie eine geschlossene Tür, die von einem Lichtschein umrahmt wurde.

Poppy setzte sich an die Spitze der kleinen Gruppe und rief: »Hier rein!« Sie stieß die Tür auf und sah sich flüchtig um, während sich die anderen an ihr vorbeidrängten. Dann schlug sie die Tür zu und schob den Riegel vor.

Gerade noch rechtzeitig, denn hinter ihnen kamen die Schritte ihrer Verfolger näher und näher, begleitet von dem Ächzen und Stöhnen, Kreischen und Scharren der Speziellen, die in Windeseile aufholten.

Poppy trat einen Schritt zurück und atmete tief durch, während sie den Raum begutachtete. *Denk nach, Poppy!* Die hohen Fenster waren hinter blickdichten Vorhängen verborgen. Zwei kleine Kronleuchter hingen an gegenüberliegenden Enden des Raums von der gewölbten Decke und verbreiteten ein sanftes, bernsteinfarbenes Licht – einer der Leuchter hing vor einer Bücherwand, der andere vor einem offenen Kamin. In einer Ecke standen ein halbes Dutzend Musikinstrumente auf schwarzen Metallständern. Außerdem gab es hier, wie im Rest des Hauses, schwere Stühle und Tische, die im ganzen Raum verteilt waren.

Wenn wir vorläufig nicht aus diesem Haus herauskommen, müssen wir zusehen, dass wir uns in seinem Inneren sicher fühlen können, dachte sie.

»Wir müssen eine Barrikade bauen«, verkündete sie. Sie kam sich vor wie Meg Murry aus dem Roman *Die Zeitfalte* bei der Rettung ihres Bruders Charles Wallace. »Holt ein paar schwere Gegenstände her. Schnell!«

Marcus drehte sich im Kreis und überlegte, was von dem, was hier stand, brauchbar war.

Die Zwillinge stürzten sich auf einen schwer aussehenden Ledersessel und schoben ihn keuchend zur Tür.

»Marcus!«, rief Poppy, während sie auf einen wuchtigen Schreibtisch zuging. »Hilf mir!«

Mit vereinten Kräften schoben sie den Schreibtisch vor die Tür. Azumi schleppte etliche Bücherstapel an, während die Zwillinge einen kleinen Tisch aus massivem Holz holten.

»Gib her!«, sagte Poppy zu Azumi und stopfte die schweren Bücher in die Schubladen des Schreibtisches.

Der Tisch der Zwillinge wackelte, als sie ihn oben auf den Schreibtisch hievten. Marcus half ihnen, indem er einen der Füße festhielt. »Hab ihn!« Die Jungs schoben ihn bis direkt unter den oberen Türrahmen.

»Drückt ihn gegen die Tür!«, kommandierte Dash.

Rumms! Rumms! Rumms! Die Speziellen waren da! Sie hämmerten von außen gegen die Tür, während die Gruppe immer mehr Gegenstände davorstellte.

»Hierher!«, rief Poppy, als Azumi eine große Topfpflanze in einem Keramikübertopf heranzog, und mit vereinten Kräften hievten sie die schwere Pflanze auf die Sitzfläche des Ledersessels.

Das Klopfen und Hämmern an der Tür wurde lauter. Die aufgetürmten Gegenstände erbebten.

Azumi und Dylan starrten ihre Barrikade an, als könnten sie sie allein durch ihren Willen dazu bringen, standzuhalten. Marcus ging zu den Musikinstrumenten, die Poppy gleich beim Eintreten aufgefallen waren.

Poppy sah sich derweil erneut um. Gab es noch weitere Türen, die sie verbarrikadieren mussten? Als sie die Wände inspizierte, fiel ihr ein, was Dash vorhin gesagt hatte: *Unsere Poppy hat eine Menge guter Ideen.* Wieder lief sie rot an. Und genau in diesem Moment entdeckte sie es – ein großes Gemälde in einem vergoldeten Rahmen. Es war über einen Meter hoch und hing über dem Marmorsims des Kamins am anderen Ende des Raums, unweit der Stelle, wo der schwere Schreibtisch gestanden hatte. Poppy blinzelte, weil sie zuerst glaubte, es sei eine Sinnestäuschung oder dass ihr ihre Erschöpfung einen Streich spielte.

Es war das Porträt eines Mädchens, altmodisch gekleidet und mit einer Kette mit Blumenanhänger um den Hals. Sämtliche Details wirkten erstaunlich lebensecht. Doch es waren nicht die Kleidung oder das erkennbare Talent des Malers, die Poppy ins Auge stachen – es war das Mädchen selbst. Es hatte große goldbraune Augen, und im Kontrast zu der blassen Haut wirkten die braunen Haare, die es sich hinter die Ohren gestrichen hatte, noch dunkler.

Das Mädchen, das nicht länger in einem Spiegel gefangen war, sah Poppy durchdringend an.

Es war *ihr* Mädchen.

Es schien Poppy zu beobachten, als diese auf das Gemälde zuging.

Am unteren Bildrand befand sich ein kleines Metallschild, auf dem etwas eingraviert war: *Consolida Caldwell – geliebte Tochter und Schwester*. Poppy war so verblüfft, dass sie hörbar nach Luft schnappte.

Eine Hand legte sich auf ihre Schulter, und Poppy fuhr erschrocken herum. Dash stand hinter ihr. »Was ist?«, fragte er leise.

Poppy deutete auf das Metallschild: »Das ist das Mädchen. *Mein* Mädchen. Aus den Spiegeln.«

»Sie hat denselben Familiennamen wie du?«

Poppy nickte.

Dash trat einen Schritt näher und beugte sich vor. »Das Bild wurde von einem Mann namens Frederick Caldwell gemalt. Wer war das?«

»Ihr Vater? Ihr Bruder? Ich weiß nicht ...«

Rumms! Rumms! Rumms! Das Hämmern wurde lauter und heftiger. Inzwischen erschütterte es den ganzen Raum.

Dash starrte Poppy voller Verzweiflung an, als könnte ihre Antwort sie alle aus ihrer misslichen Lage retten. Doch Poppy fiel leider nichts ein.

»Ich weiß nicht!«, schrie sie. »Ich weiß nur, dass ich durchdrehe, wenn wir nicht so schnell wie möglich etwas finden, wo wir uns verstecken können!« Ihre Unterlippe begann zu zittern, und sie biss darauf, bis sie blutete.

KAPITEL 30

Etwas an den Instrumenten in der Ecke übte auf Marcus eine hypnotische Anziehungskraft aus, und das lag nicht nur daran, dass er in diesem verrückten Haus endlich ein »richtiges« Musikzimmer entdeckt hatte. Irgendwo in der Ferne erklang leise erneut die Melodie, die er inzwischen »Larkspur-Motiv« getauft hatte.

Rumms! Rumms! Rumms! Die an der Tür aufgestapelten Möbelstücke erbebten. Marcus wusste, dass er etwas tun musste, um den anderen zu helfen. Und zwar schnell.

Das letzte Mal, dass er sich sicher gefühlt hatte, war im Festsaal am Flügel gewesen. Die Musik hatte ihm eine innere Ruhe verliehen, die ihn beschützt hatte, eine Barriere, die alles Böse fernhielt.

Welches Instrument sollte er spielen? Es fiel Marcus schwer, sich zu entscheiden. Es gab eine filigrane Violine, ein uralt aussehendes Cello, eine Gitarre, eine Harfe und eine Oboe. Und schließlich war da noch ein Flügel, der Zwilling von dem, auf dem er unten gespielt hatte. Der

Deckel war aufgeklappt, die Saiten glänzten im Licht der Kronleuchter.

Die Melodie in Marcus' Kopf wurde lauter, als würde der Musiker ihn anflehen, sie endlich zu spielen. Die Elfenbeintasten schienen ihn fast anzulächeln, als er sich auf dem Klavierhocker niederließ. Marcus holte tief Luft und begann zu spielen.

Das Hämmern an der Tür wurde augenblicklich leiser. Poppy, Dash und Dylan drehten sich zu Marcus um, während Azumi sich weiter gegen die Barrikade stemmte, als würde diese ohne sie einstürzen.

Endlich hatte Marcus ein Publikum. Und er genoss es.

»Marcus«, rief Dash, »keine Ahnung, wie du das machst, aber es scheint zu funktionieren.«

»Es ist die gleiche Melodie, die du unten im Festsaal gespielt hast, als wir dich gefunden haben«, sagte Poppy leise. »Sie ist wie ... wie eine Art Zauber.«

Marcus schloss die Augen und schämte sich, dass er sich über Poppy lustig gemacht hatte, als sie von dem Mädchen im Spiegel erzählt hatte. Waren die Melodien seines Musikerfreunds so viel anders als Poppys Visionen? Natürlich nicht. Und jetzt konnte er Poppy nicht mehr ansehen, ohne sich zu wünschen, er könnte seine Worte zurücknehmen.

Die Musik wurde von den Wänden und der hohen Decke zurückgeworfen, und in Marcus stiegen wieder zahlreiche Erinnerungen auf. Bilder von glücklichen Mahlzeiten im

Familienkreis. Die tränenreichen Entschuldigungen seines ältesten Bruders Isaac, wenn der sich wieder mal an seinen Instrumenten zu schaffen gemacht hatte. Nach der Schule Zeit für sich allein zu finden, um üben zu können, ohne auf seine Mutter Rücksicht nehmen zu müssen. Marcus fühlte sich sicher und beschützt. Er fühlte sich, als wäre er zu Hause. Und er wusste, dass es den anderen ähnlich ging.

KAPITEL 31

Das Blut rauschte durch Dashs Kopf. Der ganze Raum schien im Rhythmus seines Herzschlags zu pulsieren, wie ein Echo des Hämmerns, das hinter der Tür nun ganz verstummt war. Seine Haut fühlte sich glühend heiß an.

Poppy stand mit Azumi vor der Barrikade und lauschte Marcus' Melodie so hingerissen, dass sie nicht merkte, wie schlecht es Dash plötzlich ging. Etwas stimmte nicht – etwas, das noch schlimmer war, als in diesem total verrückten Gebäude eingesperrt zu sein.

Dylan stand direkt neben seinem Bruder und starrte ins Leere, doch Dash hatte das Gefühl, als seien sie meilenweit voneinander entfernt. Er blinzelte, und mit einem Mal brach die Vergangenheit über ihn herein. Eine Erinnerung so klar und anschaulich wie ein Traum.

In der Garderobe ist es dunkel. Dylan steht in der Tür, tropfnass, und streckt die Hand nach dem Lichtschalter aus. Gleich wird alles anders sein, und es ist allein meine Schuld.

Es tut mir so leid, Dylan, wirklich schrecklich, schrecklich leid.

Dash schüttelte die Bilder ab. Als er sich wieder einigermaßen gefasst hatte, griff er nach dem Ellbogen seines Bruders. Doch Dylan schien es nicht zu bemerken. Dash schüttelte ihn am Arm. Noch immer keine Reaktion.

»Dylan?«, fragte er. »Alles in Ordnung?«

Als Dylan noch immer nicht reagierte, drehte Dash ihn wie eine leblose Stoffpuppe zu sich und sah ihm in die Augen.

Doch Dylan war gar nicht da. Seine Augen waren leer, sein Mund stand halb offen. Und plötzlich begriff Dash: Was immer Marcus' Musik mit diesem Raum machte, egal welchen Schutz die Melodie bot, was immer es war, das die Speziellen vertrieben hatte, es hatte auch bei Dylan etwas bewirkt. Aber wie? Und warum?

»Dylan! Dylan, hörst du mich?«

Dylans Augen wurden kurz klar und fixierten Dashs Gesicht. Und plötzlich stiegen ihm Tränen in die Augen.

»Was ist los?«, fragte Dash. »Was hast du?«

Dylan öffnete den Mund, als wollte er etwas sagen. »Du ... Du ...« Speichel sammelte sich in seinem Mund. »Du ... du warst da ...«

Und Dylans Mund verzog sich zu einem stummen Schrei.

Marcus schlug die Augen auf, blinzelte seine Tränen weg und sah auf seine Hände, die immer noch wie von selbst über die Tasten tanzten, wodurch die Saiten im Gehäuse von Hämmerchen angeschlagen wurden, was die Luft um ihn herum vibrieren ließ. Von der Tür kamen schlurfende Geräusche, doch Marcus wusste, dass er sich ganz auf die Musik konzentrieren musste.

Zu seiner Überraschung fiel plötzlich ein weiteres Instrument mit ein – es war das helle, hohe Summen einer Violine, die mit einem Mal sein Klavierspiel begleitete. Im ersten Moment dachte Marcus, es sei nur in seinem Kopf, doch dann blickte er hoch und sah, dass die Violine in der Luft schwebte und der Bogen langsam über die Saiten strich.

Vor Schreck wäre Marcus beinahe vom Hocker gefallen, doch er fasste sich rasch wieder, weil er nicht wagte, eine Pause zu machen. Er hoffte, dass das kurzzeitige Nachlassen seiner Konzentration dem Zauber kein Ende setzte, der sich über diesen Raum gelegt hatte. Die Luft um die Violine herum flirrte, als würde eine für das menschliche Auge nicht sichtbare Person dort stehen. Die hohen Geigentöne stießen herab und wirbelten herum, allerdings nicht mehr im Gleichklang zur Klaviermusik. Sie fügten vielmehr etwas hinzu, was die Melodie noch hypnotisierender und bezaubernder machte.

Dann fielen weitere Instrumente ein. Fasziniert sah Marcus, wie sich die Gitarre nach vorn lehnte und von selbst zu spielen begann, gefolgt vom Cello und von der Querflöte.

Die Musik schwoll an, als sich auf einmal ein Junge materialisierte – der Dirigent dieses magischen Orchesters. Ein kurzer Blick zu Marcus, dann wandte er sich wieder den Instrumenten zu. Er hob die Hände, und es war fast, als würden sich die Instrumente kurz vor ihm verneigen. Der Junge hatte rote Locken und dunkelbraune Augen, und Marcus hatte ihn auf Anhieb erkannt. Es war sein Onkel Shane. Er war der Musiker, natürlich.

Marcus wurde von einer Woge der Zuneigung für diesen Jungen erfasst, den er noch nie getroffen und doch zeitlebens gekannt hatte. Es bedurfte keiner Worte. Sie kommunizierten über die Musik. So, wie sie es schon immer getan hatten.

»Marcus!«, rief Poppy vom anderen Ende des Raums. Sie kniete neben Azumi auf dem Fußboden. »Wer ist das?«

»Keine Angst.« Marcus musste rufen, um die Musik zu übertönen. »Er ist ein Freund.«

KAPITEL 32

Obwohl Poppy sich Sorgen um Azumi machte, die mit glasigen Augen vor ihr auf dem Boden lag, konnte sie ihren Blick nicht von der sonderbaren Gestalt abwenden, die auf einmal neben dem Flügel stand – ein rothaariger Junge, der zwar nicht direkt wie Marcus aussah, aber doch wie ein naher Verwandter. Wo war er so plötzlich hergekommen?

Poppy schüttelte den Kopf. Sie hatte dasselbe Gefühl wie immer dann, wenn sie das Mädchen im Spiegel gesehen hatte. Marcus schien es zu genießen, mit diesem Jungen zusammen zu musizieren, und es sah fast so aus, als würden sie sich schon ewig kennen.

Ha! Und ausgerechnet Marcus hatte sie für verrückt erklärt!

Verrückt!

Dabei musste er gewusst haben, dass das mit dem Mädchen im Spiegel die Wahrheit war. Trotzdem hatte er ihr das Gefühl gegeben, dass mit ihr etwas nicht stimmte. Dass sie es sich nur einbildete. Dass ihre Geschichte ein Hirngespinst war.

Als Poppy das bewusst wurde, wurde sie so wütend, dass sie für einen Moment sogar ihre Angst vergaß. Am liebsten wäre sie zu Marcus gelaufen, hätte ihn vom Hocker gestoßen und ihm das Gesicht zerkratzt. Doch noch bevor sie auch nur eine Bewegung machen konnte, hörte sie ein tiefes, polterndes Lachen. Irritiert sah sie sich um, aber dann begriff sie, dass das Gelächter nur in ihrem Kopf war.

Und sie spürte: Gleich würde etwas Schlimmes passieren.

KAPITEL 33

Ein lautes Krachen ließ den Flügel erbeben. Marcus erschrak, zwang sich aber weiterzuspielen, bis er feststellte, dass etliche der Klaviertasten stumm geworden waren. Ein kurzer Blick in den Bauch des Instruments verriet ihm, dass einige Saiten gerissen waren und die Hämmerchen ins Leere gingen.

Auch der Melodie seines Onkels fehlte plötzlich ein Teil des Registers, was sich für Marcus so entsetzlich anfühlte, als hätte er gerade mit ansehen müssen, wie jemand einen Arm oder ein Bein verlor.

Von der Querflöte sprangen die silbernen Klappen ab und fielen eine nach der anderen klappernd auf den Boden, bis das Instrument nur noch ein grässliches Gejaule von sich gab.

Shane löste sich in Luft auf, und Marcus schrie bestürzt: »Nein!«

Mit einem grauenhaften *RITSCH*! rissen acht weitere Saiten des Flügels, wodurch schlagartig eine ganze Oktave wegfiel und die Melodie noch mehr an Kraft verlor.

Ein, zwei Meter von Marcus entfernt gab es einen lauten Knall. Die Saiteninstrumente des kleinen Orchesters verstummten abrupt, und die Violine und die Gitarre lagen zersplittert auf dem Boden, als wären sie explodiert.

Marcus wurde speiübel. Sein Kopf drohte zu zerspringen. Das Gefühl von Geborgenheit und Sicherheit, das die Musik seines Onkels ihm vermittelt hatte, war auf einen Schlag verflogen. Hier im Haus, in diesem Raum, gab es etwas, das die Musik abgewürgt hatte, um seine schönen Erinnerungen zu blockieren und ihm Angst einzujagen. Marcus schloss die Augen und versuchte, sich das Gesicht seines Onkels ins Gedächtnis zu rufen, doch vor seinem geistigen Auge blieb alles schwarz.

Das Flimmern, das die anderen Instrumente umgeben hatte, erlosch, und eine gespenstische Stille trat ein, die sich beinahe wie ein Vakuum anfühlte.

Das einzige Musikinstrument, das ihn noch begleitete, war das Cello, dessen Klänge sich jetzt jedoch verformten und an Tonhöhe verloren, als ob jemand an den Wirbeln herumdrehen würde. Dann, mit einer fast schmerzhaften Endgültigkeit, rissen auch die letzten Saiten des Flügels und des Cellos. Ein verzerrtes Echo war alles, was von der Musik übrig blieb.

Plötzlich nahm Marcus in der Nähe des Porträts von Poppys Mädchen eine Bewegung wahr. Staub und Rußpartikel fielen aus dem offenen Kamin.

Poppy und Dash starrten von der Barrikade an der Tür aus immer noch auf die Musikinstrumente. Azumi, die nach wie vor auf dem Fußboden lag, hob langsam den Kopf, als sei sie aus tiefer Bewusstlosigkeit erwacht. Und Dylan stand da wie unter Schock, mit weit aufgerissenen Augen.

Zwei Gestalten kletterten aus dem offenen Kamin. Als sich die Staubwolken langsam legten, sahen die fünf Kinder, wie sich die beiden Gestalten aufrichteten und dass sie Masken trugen. Die Musik war verstummt, und der Hund und die Katze hatten sich Zutritt zum Musikzimmer verschafft.

KAPITEL 34

»Wo bin ich?« Azumi sah sich ratlos um. Langsam kehrte etwas Farbe in ihr Gesicht zurück.

»Du bist ohnmächtig geworden«, antwortete Poppy. »Aber das wird wieder. Wir müssen nur von hier weg. Und zwar sofort.«

»Was ist los?« Als Azumi sich umblickte, sah sie Matilda und Randolph langsam aus dem offenen Kamin klettern und auf die Gruppe zukommen.

Dash half Azumi auf die Füße. Das Trio nahm Dylan in seine Mitte, und gemeinsam wichen sie vor den Eindringlingen zurück, wobei sie sich sicherheitshalber an der Wand entlangschoben.

Im Geiste ging Poppy noch einmal die Ereignisse der letzten Stunde durch. Vorhin, am Aufzug, war Matilda einen Moment lang bei klarem Verstand gewesen, als ob sie für kurze Zeit wieder gewusst hätte, wer sie war. *Wenn ich sie jetzt anspreche, antwortet sie mir vielleicht,* dachte Poppy.

»Matilda ...«, begann sie, doch als das Mädchen mit der Katzenmaske seinen Namen hörte, warf es den Kopf in den

Nacken und kreischte so laut, als hätte man ihm einen Eispickel in die Stirn gerammt.

Die Gruppe wich weiter vor den beiden Maskierten zurück, bis sie schließlich am anderen Ende des Raums bei Marcus am Flügel ankamen.

Poppy kniff die Augen zu und versuchte immer noch, eine Erklärung dafür zu finden, was vorhin im Aufzug passiert war. *Du bist gekommen*, hatte Matilda gesagt. *Du bist endlich gekommen.* Dann war es zu dem Handgemenge gekommen, bei dem Poppy ihr die blöde Katzenmaske vom Gesicht gerissen hatte …

Aber natürlich! Die Maske! Der Direktor des Waisenhauses hatte es ja in den Unterlagen der spezialfälle vermerkt: *Die Masken berauben die Kinder ihrer Identität.* Was, wenn sie ihr wahres Ich wiederfänden und sich gegenseitig erkannten? Was, wenn sie dann eine Beziehung zueinander aufbauten, so wie Poppy und das Mädchen im Spiegel es getan hatten?

Poppy blinzelte.

Die Speziellen waren nur noch wenige Schritte von der Gruppe entfernt. Randolph mit der Hundemaske, der musikalische Wunderknabe, hatte seine demolierte Violine in der Hand. Er schleifte den ramponierten Klangkörper achtlos hinter sich über den Boden, wodurch die Saiten jedes Mal schrill quietschten, wenn sie sich verdrehten und aneinander rieben. Matilda, die Katze, zog eine ihrer verunstalteten

Puppen an deren glanzlosen Haaren hinter sich her, als hätte sie vor, gleich damit zuzuschlagen.

Das Rütteln und Klopfen an der verbarrikadierten Tür fing wieder an. Jetzt, wo das Haus oder *etwas anderes* Marcus' Musik hatte verstummen lassen, waren auch die anderen Maskierten wieder da.

»Wir müssen ihnen die Masken vom Gesicht reißen!«, rief Poppy.

Dylan drückte den Kopf gegen das Bücherregal hinter ihm und rang nach Luft.

Die beiden Speziellen gingen zum Angriff über.

KAPITEL 35

Das Mädchen mit der Katzenmaske stürzte sich auf Dash und zerkratzte ihm die Arme, den Hals, den Oberkörper. Er schrie auf, als sich ihre kalten, spitzen Fingernägel in seine Haut gruben, und versuchte, ihre Krallenhände wegzuschlagen, doch sie war erstaunlich stark.

»Hilfe!«, rief er in Dylans Richtung, doch sein Zwillingsbruder war noch zu geschwächt von dem, was auch immer ihm vorhin passiert war.

Plötzlich waren wieder Klänge zu hören, ganz in der Nähe, und alle erstarrten und hörten auf zu kämpfen.

Dash drehte den Kopf und sah Marcus mit einer Mundharmonika neben sich stehen. Wo hatte er die denn jetzt her? Marcus spielte dieselbe Melodie, die er und der geisterhafte junge Musiker vorhin gespielt hatten.

Die Maskierten wichen zurück und hielten sich die Ohren zu, als könnten sie diese neuen Klänge nicht ertragen.

Die Musik verlieh Dash ein Gefühl von Wärme und Ruhe, während Dylan anfing, sich zu winden, als hätte er Schmerzen.

Azumi kauerte neben ihm. Versuchte sie ihm irgendwie zu helfen?

»Dylan, was ist mit dir?«, schrie Dash.

»Jetzt!«, rief Poppy in diesem Moment. »Angriff!« Und sie stürzte sich auf Matilda.

Die beiden rangen miteinander. »Dash! Bitte, hilf mir!« Poppy versuchte, den Rand der Katzenmaske zu fassen zu bekommen.

Da stürzte Randolph herbei, um Matilda zu helfen.

Adrenalin schoss durch Dashs Körper. Er sprang auf und stürzte sich auf den Jungen mit der Hundemaske, der so überrascht war, dass er nicht gleich reagierte. Und schon hatte Dash ihm die Maske vom Gesicht gerissen.

Plötzlich stand die Zeit still. Verlangsamte sich. Selbst der Staub schien reglos in der Luft zu hängen. Es war, als würde das ganze Haus den lang gezogenen Klängen aus Marcus' Mundharmonika lauschen. Matildas und Randolphs Masken lagen zerrissen auf dem Boden.

Die beiden richteten sich keuchend auf und sahen sich ungläubig um. Ihre Augen waren groß vor Hoffnung und Angst, und in ihnen glitzerte etwas, was Dash im ersten Moment nur als *Leben* bezeichnen konnte.

Mit angehaltenem Atem wandte er sich wieder Dylan zu, der erneut diesen leeren Blick hatte. Dash spürte, dass er dringend etwas tun musste.

Du ... warst ... da ...

Dash streckte eine Hand aus und wollte seinem Bruder die Tränen abwischen, doch da stieß Dylan ein so unheimliches Heulen aus, dass Dash mitten in der Bewegung erstarrte. Und plötzlich wurde es dunkel im Raum.

KAPITEL 36

Rückblende.

Du … warst … da …

Dash versteckt sich in Dylans Garderobe am Set von *Dad – voll verpeilt*. Es ist dunkel. Die Lampe auf dem Tisch neben Dylans Lieblingsstuhl hatte geknistert und Funken gesprüht, als Dash sie einschalten wollte, deshalb hatte er sie schnell wieder ausgemacht. Nur durch den Türspalt, den Dash absichtlich hat offen stehen lassen, fällt etwas Licht herein. Er hat einen vollen Wassereimer oben auf der Tür platziert – ein harmloser kleiner Streich –, um seinem Zwillingsbruder all die fiesen Streiche heimzuzahlen, die er dem Team am Set der Fernsehserie im Laufe der Jahre gespielt hat. Sobald Dylan die Tür ganz aufmacht, wird der Eimer kippen und das Wasser über ihm ausschütten. Dylan wird pitschnass werden und einen Riesenschreck bekommen. Dann wird Dash aus seinem Versteck springen und ihn auslachen. Klar, Dylan wird sauer sein, aber er hat es echt verdient. Das wird ihm hoffentlich eine Lehre sein! Dash hat es satt, von den anderen ständig wegen der Dummheiten seines Bruders ausgeschimpft zu werden.

Schritte nähern sich, und Dash hält sich rasch eine Hand vor den Mund, um nicht loszukichern. Die Tür geht auf, der Eimer kippt, und der Inhalt platscht herab. Dylan ruft: »*Was zum …?*« Da fällt der Eimer herunter und landet mit einem dumpfen Knall auf Dylans Kopf.

Oh, das war nicht geplant gewesen.

»Auuu!«, ruft Dylan und taumelt in den dunklen Raum. Er hält sich den Kopf, während er auf die Tischlampe zutorkelt – genau die Lampe, die Funken gesprüht hat, als Dash sie vor wenigen Minuten einschalten wollte.

Dash sieht es kommen. Voller Entsetzen springt er aus seinem Versteck und ruft seinem Bruder zu: »*Stopp! Warte! Nicht bewegen!*«

Doch Dylan ist desorientiert. Wasser und Blut tropfen von seinem Kopf. Und er knipst die Lampe an.

Grellweißes Licht erfüllt den Raum – eine Art Blitzlichtgewitter wie bei einer Hollywood-Premiere, wenn die Paparazzi ihre Aufnahmen machen. Dash kreischt, als Dylans Körper ganz steif wird und ein elektrischer Blitz den Raum erhellt.

Rückblende.

Du … warst … da …

In der Notaufnahme versuchen Dashs Eltern, ihm die schreckliche Nachricht möglichst schonend mitzuteilen. »Es war ein Unfall«, sagen sie. »Du kannst nichts dafür.«

Doch Dash weigert sich, ihnen zu glauben. Wie kann Dylan *tot* sein, wo sie doch beide auf der Heimfahrt vom Krankenhaus auf der Rückbank sitzen und wie immer herumalbern? Wo sie zu Hause zusammen Verstecken spielen? Wo sie abends wie immer bis spät in die Nacht zusammensitzen und sich Geheimnisse zuflüstern?

Dash findet es grausam von seinen Eltern, ihn auf diese Weise für seine leichtsinnige Tat zu bestrafen. Sie wollen ihm zu verstehen geben, er habe seinen Bruder mit einem Stromschlag getötet! Dabei tut ihm das Ganze ohnehin schon unsagbar leid.

Aber vielleicht hat Dash es ja verdient. Ein bisschen zumindest. Bei Dylans Streichen wurde nie jemand ernsthaft verletzt.

Rückblende.

Du ... bist ... hier ...

Aber ich nicht.

»In fünfzehn Minuten bitte unten sein«, sagt die quirlige Brünette, an deren Namen sich keiner der beiden Jungen erinnern kann. »Nur eine kurze Besprechung, okay?«

Sie ist keine Produzentin, wie Dash plötzlich begreift. Sie ist eine Krankenschwester, wie man an ihrem weißen Kittel sieht. Oder eine Ärztin. Und sie spielt auch keine Rolle in einem Film.

»Unten?«, fragt Dylan grinsend. »Weshalb? Geht's um die nächste Szene?« Die Frau zieht eine Augenbraue hoch und schaut weiterhin nur Dash an, als wenn nur seine Antwort zählen würde. Dylan wedelt mit der Hand, um sie auf sich aufmerksam zu machen. »Hey, hallo! Bin ich unsichtbar oder was?«

Oder was?

»Sie hat mich komplett ignoriert«, sagt Dylan.

Natürlich hat sie Dylan ignoriert, wie Dash jetzt begreift. Das tut jeder. Nicht Dylan ist der Patient, sondern er. Und er ist auch nicht am Set vom *Dad – voll verpeilt*. Er ist in einem Krankenhaus. In einem echten Krankenhaus, in dem sich alle bemühen, ihm beizubringen, was wirklich geschehen ist.

Die Wahrheit.

Jetzt erinnert er sich. Seine Eltern haben ihn einweisen lassen, weil er eines Nachts durch die Gegend gewandert war und hinterher behauptet hatte, Dylan sei irgendwo dort draußen und brauche seine Hilfe. Und das war *nach* Dylans Beerdigung gewesen. Eine Beerdigung, an die Dash sich nur vage erinnert.

Doch die Ärzte bestehen darauf, ihn zur Beobachtung im Krankenhaus zu behalten. Dash fantasiert. Er sieht seinen toten Bruder. Vermutlich waren seine Schuldgefühle so übermächtig, dass er es geschafft hat, Dylan von den Toten zurückzuholen, wie Dash jetzt begreift.

Die Leute vom Film haben ihm E-Mails, Textnachrichten und Karten geschickt, doch Besuche sind untersagt. Dash ist ein Sonderfall. Dash braucht spezielle Betreuung. Er weiß, dass er nie wieder ans Set zurückkehren wird.

Wurde Scooter deshalb aus dem Drehbuch gestrichen? Weil Dylan sich immer so unmöglich benommen hat? Oder wegen dem, was Dash getan hat?

Mit einem Mal ist alles sinnlos geworden.

Bis zu dem Tag, an dem die E-Mail der Larkspur Productions GmbH eintrifft. Die E-Mail von Del.

Hallo, Dylan und Dash! Alles klar?

Dash wandte sich von Dylan ab, als wenn ihn ein plötzlicher Stromstoß nach einer langen, langen Nacht der Träume abrupt aus dem Schlaf gerissen hätte.

KAPITEL 37

Auch Dylan wandte den Kopf ab, weil er seinen Zwillingsbruder keine Sekunde länger ansehen konnte.

»Seit wann weißt du es?«, fragte Dash, während im Hintergrund immer noch die Mundharmonika spielte. Sie klang wie eine schwache Erinnerung.

»Seit gerade eben«, antwortete Dylan mit müder Stimme. »Davor hatte ich nur flüchtige Erinnerungsfetzen. Aber jetzt, mit dieser Melodie und in diesem Haus und ... Jetzt habe ich alles gesehen.«

Dash wollte nach Dylans Hand greifen, doch Dylan zuckte zurück.

Matilda, das Katzenmädchen, starrte Dylan unverwandt an. Ihr Blick war durchdringend, fast schmerzhaft. Sie wusste es auch. Sie wusste alles.

Poppy sah die Zwillinge kopfschüttelnd an. »Wie lange habt ihr *was* gewusst?«, fragte sie.

Dylan ignorierte sie. Er konnte den Blick nicht von Matildas traurigen blauen Augen abwenden. »Das kann ich nicht sagen«, flüsterte er. Dash ließ den Kopf hängen und rang nach Luft. »Ich weiß nicht wie. Ich …«

Matilda nickte und wiegte ihre Puppe. »Das wird schon«, sagte sie mit einem leisen Singsang in der Stimme, einem beinahe mütterlichen Tonfall, den sie sich vermutlich in all der Zeit mit ihren Puppen angeeignet hatte. »Gemeinsam schafft ihr das.«

Plötzlich verzog sie das Gesicht, als hätte ihr jemand ein Messer in den Bauch gerammt. Stöhnend krümmte sie sich zusammen. »Er lässt uns nicht gehen.« Dann hob sie den Kopf und sah jedem von ihnen in die Augen. »Und euch wird er auch nicht gehen lassen.« Ihre Stimme wurde schwächer.

»Wer lässt euch nicht gehen?«, fragte Poppy. »Sprichst du von Cyrus? Cyrus Caldwell? Der Mann, der euch so viel Böses angetan hat?«

Doch Matilda schlug sich beide Hände vors Gesicht und brachte keine Antwort über die Lippen.

Marcus spielte noch immer auf seiner Mundharmonika, als Randolph auf ihn zukam. Marcus wich einen Schritt zurück, und Randolph ließ die ramponierte Violine auf den Boden fallen. Wie verzückt lauschte er Marcus' Melodie und sog sie in sich auf, als wäre sie Sauerstoff.

Marcus ließ die Mundharmonika sinken. Die plötzliche Stille war so verstörend, dass alle erschraken.

»Sie haben dir deine Musik weggenommen«, sagte er zu Randolph. »Hier, die schenk ich dir.« Er wischte die Mundharmonika an seinem Shirt ab und hielt sie dem Jungen hin. Randolphs Augen blitzten vor Freude auf. »Bitte, nimm sie! Spiel uns etwas vor!«

Zögernd griff Randolph nach der Mundharmonika und hielt sie staunend ins Licht, als hätte er noch nie eine gesehen. Erst dann führte er sie an die Lippen und blies zaghaft hinein. Wenige Sekunden später spielte er bereits Marcus' Melodie nach. Die Töne tanzten durch den Raum und vermittelten allen das Gefühl, als hätten sie in einem bösen Sturm einen Zufluchtsort gefunden.

Mit Randolph passierte etwas Merkwürdiges. Je länger er spielte, wobei man ihm seine Freude förmlich ansehen konnte, desto mehr veränderte sich sein Äußeres. Er verlor an Farbe.

Randolph verblasste. Marcus konnte bereits durch ihn hindurchsehen, auf Dylans verblüfftes Gesicht.

Und auf einmal war der Junge, der ihn im Aufzug so brutal angegriffen hatte, verschwunden und hatte die fröhliche Melodie mit sich genommen.

»Randy?«, rief Matilda. Jetzt klang sie wie das kleine Mädchen, das sie war – beziehungsweise früher mal gewesen war. Sie senkte den Kopf, als würde sie etwas spüren, was den anderen verborgen blieb. Dann zuckte sie zusammen, hielt sich erneut den Bauch und kippte nach vorn. Die kaputte

Puppe glitt aus ihrer Hand und fiel mit einem leisen *Plumps* auf den Boden. Poppy wollte Matilda helfen, doch diese wich zurück, als hätte sie Angst vor einer Berührung.

»Was ist passiert?«, fragte Dash.

»Marcus hat ihm zurückgegeben, was Cyrus ihm gestohlen hatte«, erklärte Dylan tonlos. »Seine Musik.«

Poppy wandte sich an Matilda. »Wir können dir bestimmt auch helfen!«

»Ja«, rief Azumi atemlos. »Sag uns, was *du* brauchst!«

»Keine ... Zeit«, wisperte das Mädchen. Ihre Gesichtszüge verzerrten sich und wurden der Maske immer ähnlicher, die Poppy ihr erst vor wenigen Minuten vom Gesicht gerissen hatte. Matilda sprang auf, rannte durch das Musikzimmer und warf sich gegen die Barrikade.

»Warte!« Poppy lief ihr ein paar Schritte nach. »Vielleicht sind sie noch dort draußen.«

Doch Matilda hörte nicht auf sie. Kaum hatte sie sich einen schmalen Weg durch die Barrikade freigeräumt, schlüpfte sie hindurch und verschwand im Korridor.

Einige Schrecksekunden lang saßen die anderen schweigend da und warteten ängstlich darauf, dass die Maskierten das Musikzimmer stürmen würden. Doch als alles ruhig blieb, begriffen Poppy, Marcus, Dylan, Dash und Azumi, dass sie wieder allein waren.

»Denkt ihr, es ist jetzt sicher?«, fragte Azumi und erhob sich zögernd.

Marcus musterte die Lücke in ihrer Barrikade. »Im Moment schon … Hoffe ich zumindest.«

»Was meint ihr?«, fragte Poppy. »Können wir vielleicht auch den anderen helfen? Esme, Irving, Aloysius und Matilda? Wenn wir ihnen geben, was der Direktor ihnen weggenommen hat … glaubt ihr, dass sie dann auch frei sind? So wie Randolph?«

»Kann sein«, sagte Dash. Er schloss die Augen und fügte verzweifelt hinzu: »Vielleicht lässt uns das Haus dann auch wieder gehen.«

In diesem Augenblick stieß Dylan einen unkontrollierten Schrei aus. Er fiel auf die Knie und schrie wie ein waidwundes Tier. Es klang, als würde er das letzte Fünkchen Leben aus sich herausschreien.

KAPITEL 38

Mühsam richtete Dylan sich auf und wankte zur Tür.

»Dylan, halt!«, rief Dash ihm nach. »Warte!« Doch er rührte sich nicht von der Stelle, als hätte er Angst, sich seinem Bruder zu nähern.

An der Tür drehte Dylan sich noch einmal um. »Nein! Auf deine Hilfe kann ich verzichten! Dir habe ich die ganze Katastrophe überhaupt erst zu verdanken.« Sein Gesicht war verzerrt, als hätte er größte Mühe, die wütende Bestie in seinem Inneren zurückzuhalten. »Ab jetzt spielt jeder von uns seine eigene Rolle, kleiner Bruder.«

Dashs Gesicht fiel förmlich in sich zusammen. »Du kannst nicht weggehen!«

Dylan lachte hämisch. »Sieht ganz so aus, als könnte keiner von uns weggehen! Und vielleicht haben es manche von uns auch nicht *verdient*. Was für einen Unterschied macht das schon?«

Er drehte sich zur Seite, schlüpfte beinahe geräuschlos in den Korridor hinaus und verschwand in der Dunkelheit.

Dash starrte die anderen wie betäubt an. »Du kannst *mich* nicht verlassen«, wisperte er. »Das hatte ich gemeint.«

»Du wolltest wissen, seit wann er es weiß«, sagte Poppy leise. »Wie war das gemeint?«

»Es gab einen Unfall.« Dash blickte auf und kaute einen Moment auf seiner Unterlippe herum. »Am Set unserer Fernsehserie. Dylan ... Er ... Er ist dabei ums Leben gekommen. Durch meine Schuld. Dabei wollte ich ihm bloß eine Lektion erteilen.«

Azumi riss die Augen auf. »Was redest du da? Dein Bruder war doch eben noch hier.«

Marcus schob die Hände in die Taschen. »Nein! Soll das heißen ... Was willst du damit sagen?«

»Er will damit sagen, dass sein Bruder ein Geist ist«, antwortete Poppy bedächtig. »Ein Gespenst. Wie immer du es nennen willst. Oder *ihn*. Tut mir wirklich leid, Dash.«

»Ein Geist?« Zwei rote Flecken zeichneten sich auf Marcus' bleichen Wangen ab. »Dylan?«

»Ja«, bestätigte Poppy. »So ähnlich wie der Junge, der vorhin neben dir am Flügel stand. Der Junge, der dir so ähnlich sah.« Zornig funkelte sie ihn an. »Eigentlich dürftest du dich am wenigsten von uns wundern, nach allem, was heute passiert ist.«

Marcus fröstelte. »Es kommt mir so vor, als sei ich heute verrückt geworden, aber ich weiß, dass ich nicht verrückt bin. Was ich gesehen habe, war alles real.«

»Interessant«, schnaubte Poppy. »*Und wie fühlt sich das an?*«

»*Verrückt*«, flüsterte Dash. »Jetzt erinnere ich mich genau. Ich war in einem Krankenhaus. Und ich habe ständig mit Dylan geredet, als wenn er noch leben würde. Niemand hat mir geglaubt, dass er zum Beispiel direkt neben mir saß. Niemand konnte ihn hören oder sehen – nur ich. Ich dachte, sie wollten uns ärgern, weil sie ihn ignoriert haben. Und als wir diese E-Mail von Del bekommen haben, sind wir zusammen abgehauen. Zuerst sind wir nach Hause und haben Dylans geheimes Sparschwein geplündert. Ich wusste, dass er den Kollegen aus der Serie ständig Geld stibitzt hatte. Aber dass es so viel war, habe ich nicht geahnt. Wir haben ein Taxi zum Flughafen genommen und uns zwei Tickets gekauft. Niemand sprach mich auf den leeren Sitz neben mir an, den ich auch bezahlt hatte. Die Leute müssen gedacht haben, ich sei ... Egal ... Keine Ahnung, was sie dachten. Aber hier dann, in diesem Haus, war alles anders. Ihr konntet Dylan auch sehen.«

»Ja, jetzt fällt mir auch wieder ein ...« Poppy machte große Augen. »Ich habe online etwas über den Unfall gelesen. Und dass einer von euch beiden verletzt war. Aber ich habe natürlich nicht geahnt, dass ...«

»Ihr müsst mich für einen totalen Dummkopf halten.« Dash wischte sich mit dem Ärmel die Tränen vom Gesicht.

»Unsinn, keiner hält dich für einen Dummkopf«, versicherte ihm Azumi. »Unser Verstand kann uns üble Streiche spielen. Besonders wenn schlimme Dinge passieren. Und die passieren leider. Immer wieder. Solange wir hier sind.« Sie warf einen Blick nach hinten, zu dem Flügel mit den gerissenen Saiten. »Als Marcus vorhin gespielt hat, konnte ich nur an meine Schwester denken.«

Die vier Kinder, die zusammen im Musikzimmer waren, wussten nicht, was sie sagen oder tun sollten. Marcus versuchte, Dashs Schulter zu drücken, doch Dash schüttelte seine Hand ab. Poppy und Azumi hielten sich an den Händen. Es dauerte eine ganze Weile, bis Poppy sich wieder gefasst hatte. Dann ging sie zur Tür, machte sie zu und schob einen Teil der Möbel wieder als Barrikade davor.

Erst danach sah sie Marcus an und sagte leise: »Als wir vorhin unten waren, hast du gelogen. Als ich dir von meinem Mädchen im Spiegel erzählt habe« – sie warf einen Blick auf das Gemälde am Kamin – »hast du gesagt, ich sei verrückt. Dabei hattest du ganz ähnliche Erfahrungen gemacht. Warum hast du es nicht zugegeben?«

»Du hast recht«, antwortete Marcus betreten. »Er ... der Musiker war mein ständiger Begleiter, von klein an. Ich glaube, er ist mein Onkel. Ich hätte es dir erzählen sollen, aber es war mir zu peinlich. Tut mir leid.«

Poppys Augen blitzten auf. Sie atmete laut hörbar aus und versuchte, einen klaren Kopf zu bekommen, obwohl es darin drunter und drüber ging. Nach einigen Sekunden sagte sie: »Immerhin wissen wir jetzt, was wir alle gemeinsam haben.«

»Und was soll das sein?«, fragte Azumi.

»Wir alle werden von Gespenstern heimgesucht«, erklärte Poppy. »Jeder auf seine Weise. Vielleicht ist das der Grund, warum wir hier sind. Vielleicht konnten uns dieser Ort oder die Geister, die darin wohnen, auf diese Weise finden.«

»Und uns herlocken«, ergänzte Marcus.

Azumi nickte. »Und uns hier gefangen halten.«

»Na ja, zumindest versuchen sie es«, sagte nun wieder Poppy. »Aber wir wissen jetzt, dass wir anders sind. Ich glaube, wer oder was auch immer hier haust, unterschätzt uns.«

»Nicht unbedingt«, meldete sich Dash zu Wort. »Vielleicht weiß das Böse, das hier haust, ganz genau, was es tut.«

Für einen Augenblick kehrte Schweigen ein, so, als würden alle die Luft anhalten.

»Sobald du dazu bereit bist, Dash, werden wir deinen Bruder suchen und auch finden«, sagte Poppy schließlich. »Und dann verschwinden wir gemeinsam von hier. Inzwischen haben wir ja eine gewisse Ahnung, wie es gehen könnte.«

Plötzlich glaubte sie auf dem Gemälde mit dem Mädchen über dem Kamin eine Bewegung wahrzunehmen. Im ersten Moment befürchtete sie, das Bild hätte Feuer gefangen, aber als sie genauer hinschaute, sah es genauso aus wie vorher. Oder doch nicht? Poppy fiel auf, dass Consolida Caldwell – geliebte Tochter und Schwester – sie anlächelte. Hatte sie je zuvor so unbeschwert gelächelt?

Als Poppy sich wieder der Gruppe zuwandte, starrten Marcus und Azumi sie an, als gingen sie davon aus, dass sie Antworten auf all ihre Fragen hatte. Dash dagegen saß mit gesenktem Kopf da. Tränen tropften von seiner Nasenspitze.

Poppy hatte keine Antworten, genauso wenig wie die anderen. Aber immerhin hatten sie einander. Vielleicht reichte das schon aus, um ihnen die nötige Kraft zu verleihen, das hier durchzustehen, bis sie einen Weg aus diesem Albtraum gefunden hatten. An diese Hoffnung klammerte sich Poppy mehr als an alles andere. Von ganzem Herzen.

Poppy ging auf die anderen drei zu, breitete die Arme aus und zog sie an sich. Und zum ersten Mal seit Langem fühlte sie sich sicher und geborgen.

In allen Ecken und Winkeln des Raums knirschte und knarrte es. Es klang fast so, als würde sich das Haus zufrieden zurücklehnen.

Über den Autor:

Dan Poblocki hat mehrere Bücher für junge Leser geschrieben, darunter: *The House on Stone's Throw Island, The Book of Bad Things, The Nightmarys, The Stone Child* und die Serie um die mysteriösen vier. Seine neueren Romane *The Ghost of Graylock* und *The Haunting of Gabriel Ashe* standen beide auf der Auswahlliste der Junior Library Guild und 2013 und 2014 auf der Liste der American Library Association's Best Fiction für junge Erwachsene. Dan Poblocki wohnt in Brooklyn, in einer Wohnung, deren Wände sich zum Glück nicht verschieben, wenn er schreibt. Besucht ihn online auf www.danpoblocki.com.

Das Grauen geht weiter:

SHADOW HOUSE

Band 2

Poppy, Marcus, Dash, Dylan und Azumi sind im Shadow House gefangen, einem unheimlichen Herrenhaus, in dem die Grenzen zwischen Vergangenheit und Gegenwart zunehmend verschwimmen.

Die größte Bedrohung scheint dabei von den Geistern auszugehen, die in den Zimmern ihr Unwesen treiben. Doch während die Kinder einen Weg suchen, sich aus ihrer misslichen Lage zu befreien, müssen sie bald einsehen, dass ihre eigenen Geheimnisse noch viel gefährlicher sind. Wenn sie lebendig aus dem Shadow House entkommen wollen, müssen sie sich ihren verborgensten Ängsten stellen.

Können sie noch irgendwem im Haus trauen? Oder ist längst alle Hoffnung vergebens?